난 슬플 때 타코를 먹어

- 일부 외래어 표기는 통상적으로 사용하는
  입말에 따라 표기했습니다.

난 슬플 때 타코를 먹어

이수희

드디어 고백합니다. 작가님… 저 사실 고수 못
먹어요….

띵 시리즈 '멕시칸 푸드' 편을 만들면서 고수를
못 먹는다니, 스스로 용납할 수 없어서 숨겨왔습니다.
물론 못 먹어도 저를 좋아해주실(?) 걸 알지만 저도 작
가님의 '타코 동반자'가 되고 싶었단 말이에요! 고수를
못 먹는다고 타코를 못 먹는 건 아니잖아요. 그렇다고
계속 숨기려 한 건 아니었답니다.

작가님과 회사 앞 유명 멕시칸 푸드점에서 점심
식사를 하기로 한 날, 다짐했어요. 오늘은 솔직하게 말
하자고요.

"작가님, 저 사실 고수 못 먹어요. 하하!"

"앗, 정말요? 잘 드실 줄 알았는데! 저도 처음엔
싫어했으니까 이해해요. 우리 천천히 시도해봐요."

이런 화기애애한 시나리오까지 쓰면서 가벼운
마음으로 길을 나섰습니다. 그런데 아니 글쎄, 작가님
이 '토끼'처럼 고수를 손으로 집어 드시지 뭐예요? 고
수를 정복하라는 미션을 받은 로봇처럼 쉬지 않고 입
에 넣으셨어요. 게다가 집에서 직접 고수를 길러 드신
다고… 키워 먹는 것이 사 먹는 것보다 향이 훨씬 강
해서 진짜 고수 같다며 통째로 뜯어 먹는 모션도 보여
주셨죠. 아뿔싸, 오늘도 글렀다. 다음에 말해야지.

그렇게 미루다 보니 어느새 책이 나와버렸습니다. 이 소중한 지면을 빌려 고백하니, 저를 부디 귀엽게 봐주세요. 그리고 고수에 도전해보고 싶어요. 저의 첫 고수 스승이 되어주시겠습니까?

스승 삼고 싶은 이수희 작가는 엄청난 멕시칸 푸드 사랑꾼입니다. 작가님께 받은 첫 메일에서 단번에 느꼈어요. 마지막 인사말에 "그라시아스!"라고 적혀 있었거든요. (이 사람 뼛속까지 타코인이구나 싶었죠.) 앞으로 펼쳐질 이야기는 멕시칸 푸드점 아르바이트생으로 시작해 집에서 멕시칸 푸드를 척척 만들어 먹는, 그러다 혼자 멕시코 여행까지 떠나게 된 자의 웃픈 일대기입니다. 우리에게 익숙한 브리또와 케사디야부터 멕시코 술 메스칼, 해장 음식 포솔레까지. 자극적이고 맵싸한 이야기의 향연이 펼쳐질 예정이니 정신 꽉 붙들어 매세요. 자, 이제 멕시칸 푸드의 매력에 빠질 준비되셨나요? 다음 장을 넘기기 전에 크게 외치고 시작해봅시다.

"후회하지 않아. 거친 맛에 뛰어든 건 나니까!"

Editor 정예슬

차례 ────

프롤로그 검은 머리 파뿌리 될 때까지   **8**

준비물은 공복   **12**

이딴 걸 누가 먹어? 먹더라고… 내가   **20**

너무너무 프레시해   **30**

미지의 초록 열매   **36**

잘 말아줘   **44**

치즈 들어간 그거 주세요   **50**

처음이라 그래 몇 년 뒤엔 괜찮아져   **56**

야간 부엌 소동   **64**

인생에는 쓴맛, 단맛, 그리고 신맛도 있다

  74

용암처럼 내게 밀려오라   **80**

때로는 촉촉하고 부드러운   **86**

나만 아는 맛집   **94**

토마토의 굴레　98

나의 추앙 푸드　104

우리 타코 냄새 나　112

동태 눈알을 혼내줘　116

여름이 녹아내린다　122

매콤, 따뜻, 뭉근　126

브리또 할아버지　130

'타코와와'에 오신 것을 환영합니다!　136

어른의 운동　142

멕시코의 아침햇살　150

웰껌 뚜 메히꼬!　156

한국인은 역시 국물이지　162

타코신이시여　168

타코신 가라사대　172

타코인의 기쁨과 슬픔　180

검은 머리 파뿌리 될 때까지

"저도 타코 좋아해요."

이렇게 말하는 사람을 만나면 몹시 반갑습니다. 머릿속의 타코 세포들이 와다닥 달리면서 이렇게 외치는 것만 같아요. "타코인! 타코인이 나타났다!" 두근거리는 마음을 간신히 붙잡으며 이 사람이 나의 타코 동반자가 되어줄 미래를 벌써부터 상상하고 맙니다.

저는 멕시칸 푸드라면 사족을 못 쓰는 덕후들을 '타코인'이라고 불러요. 언제부터 이 호칭을 썼는지는 모르겠습니다. 제가 만든 건지, 친구가 만든 건지, 아니면 누군가 알려준 건지. 그냥 자연스럽게 쓰는 모국어 같은 느낌이랄까요. 어쩌다 타코인을 만나면 방방 뛰면서 인사 나누기 바쁩니다. 타코 진짜 좋아! 사랑해! 언제 한번 타코 먹으러 가요! 입맛이 비슷할 뿐인데, 마음마저 가까워지는 기분이 드는 것은 왜일까요.

책 제목은 어느 날 번뜩 떠올랐습니다. 천계영

작가의 만화 〈언플러그드 보이〉에서 "난 슬플 땐 힙합을 춰."라는 대사를 인용하여 『난 슬플 때 타코를 먹어』로 해야겠다고요. 슬프고 힘들 때 타코를 먹고 힘을 낸 적이 많았거든요. 제게 타코란 맵고 짠 보약에 가깝습니다. 이보다 좋은 제목은 없다고 생각하면서 친구에게 의견을 물어봤더니, 의외로 시큰둥한 반응이 돌아왔습니다.

"근데 넌 기쁠 때도 타코 먹잖아. 아니, 그냥 항상 먹지 않아? 타코를 안 먹고 싶을 때가 있긴 해?"

일리 있네요. 사실 제게 타코를 먹고 싶은 특정한 때란 없거든요. 점심에 먹었어도 저녁이면 또 먹고 싶고, 오늘 먹었어도 내일 또 먹고 싶습니다. 온갖 핑계를 대서 매일매일 만나고 싶어져요. 이것 참… 애인도 이 정도로 보고 싶었던 적은 없었는데…. 잠깐, 그렇다면 저에게 타코란 더 이상 단순한 음식이 아닐지도 모르겠네요. 이제는 이런 음식을 '반려 음식'이라 칭해도 되는 것 아닐까요? 기쁠 때나 슬플 때나, 검은 머리 파뿌리 될 때까지 먹을 테니 말이죠.

　이 책에 멕시칸 푸드를 매개로 지나왔던 저의 일상과 취향, 생각을 담았습니다. 멕시칸 패스트푸드점과 멕시칸 펍의 아르바이트생을 거쳐 타코를 스스로 만들어 먹는 자취생, 결국 멕시코 여행자가 되기까지. 평범한 타코인으로서 글을 쓰는 동안 깨달은 것이 하나 있습니다. '나는 무엇을 좋아해!'를 꾸준히 생각하다 보면 그 대상을 좋아하는 나 또한 좋아지고, 마음의 여유가 생긴다는 것을요. 그렇게 생겨난 여유는 현실을 살아가게 합니다. 가장 '나다운' 모습으로 말이죠.

　그러니까 여러분, 띵 시리즈와 함께 좋아하는 무언가를 떠올려주세요. 마지막 장을 닫을 때쯤에는 "아, 타코 먹고 싶다." 슬며시 중얼거리게 되는, 기분 좋은 책이길 바라봅니다. 그리고 다 함께 타코를 먹읍시다. 기쁠 때나 슬플 때나, 검은 머리 파뿌리 될 때까지!

준비물은 공복

세상에서 가장 재밌는 일은 뭘까? 나는 '결핍'을 채우는 것이라고 생각한다. 내가 갖지 못한 것, 나에게 없다고 느껴지는 것을 구경하는 일이 가장 재밌다. 옷을 사고 싶을 때는 눈이 빨개지도록 쇼핑몰을 구경하고, 여행이 가고 싶을 때는 온갖 여행 후기를 읽는다. 유튜브의 알고리즘을 생각하면 이해하기 쉽다. 현대 기술과 마케팅은 개개인의 결핍을 판별하고 욕망을 제안하는 데 전력을 다하고 있다.

결핍이라는 단어가 너무 거창해 보일 수 있겠다. 하지만 여기서 말하는 결핍의 대상은 가볍고 충동적인 것들이다. 예를 들면, 공복. 나는 식사와 식사 사이의 공복 상태를 사알짝 즐기는 편이다. (절대 굶는다는 말은 아니니 오해 마시길.) 배가 고파야만 비로소 재밌는 일이 생기기 때문이다. 그것은 바로 음식과 관련된 무수히 많은 콘텐츠를 씹고 뜯고 맛보기. 지금부터 내가 공복 상태에서 즐기는 몇 가지 즐거움을 소개해보겠다.

1. 먹방

한국에서 시작된 'muckbang'이라는 트렌드에

대해 각자 의견이 있을 것이다. 먹방을 보는 것을 좋아하는 사람도 있고, 싫어하는 사람도 있다. 나로 말할 것 같으면 싫어했다가 좋아하게 된, 일종의 변절 시청자라 할 수 있겠다. 스스로도 훗날 먹방을 보는 사람이 될 거라곤 상상도 못했다. 나 역시 "도대체 왜 남이 밥 먹는 걸 보고 있어? 기괴해!"라고 스스럼없이 말하던 사람 중 한 명이었으니까.

그러던 어느 날 친구가 깔끔하게 잘 먹는다는 먹방 스트리머의 영상을 몇 개 추천해줬다. 한 상 가득 차려놓고 각종 음식들을 깔끔하게 해치우는 모습에 홀려 나도 모르게 집중하고 있었다. '저 사람은 그저 밥을 먹고 있을 뿐인데 왜 이렇게까지 재밌지?' 그리고 깨달았다. 지금 나는… 공복이라는 것을. 저 스트리머가 먹는 등갈비찜, 간장게장, 케이크를 내 입에도 넣고 싶다는 것을. 하지만 지금 무언가를 먹기엔 너무 야심한 시각이어서 더욱 애가 탄다는 것을. 그제야 사람들이 왜 먹방에 열광하는지 처음으로 이해했다. 괴로운데 즐거운 그런 느낌? 먹고 싶다는 충동 자체를 즐기는, 일종의 도파민 중독인 것이다.

먹방은 스트리머의 방송만을 이야기하는 것이 아니다. 〈식샤를 합시다〉 같은 음식 드라마의 클립이나, 〈검정 고무신〉〈짱구는 못말려〉〈아따맘마〉 같은 애니메이션 속 식사 장면 모음집도 먹방이다. 거슬러 올라가 먹방의 원조를 굳이 꼽아보자면, 일명 '통닭 수애'가 있다. 본 적 없다면 꼭 검색해보시길. 2003년에 방영한 드라마 〈회전목마〉에서 임신한 진교 역을 연기한 수애가 남편의 퇴근을 못 기다리고 한 조각만, 한 조각만 하면서 양념 통닭을 다 먹어버리는 에피소드였다. 그 회차가 방송된 날, 전국의 치킨집 전화기가 먹통이 되었다는 전설이 지금까지도 회자되고 있다. 요즘은 〈인간극장〉이나 〈생로병사의 비밀〉 같은 다큐멘터리 속 일반인의 현실적인 식사 장면도 인기를 끌고 있다고 하니, 영상 시대의 먹방 발굴은 끝이 없을 듯하다.

2. 요리책

공복 상태에서 요리책을 본 적 있다면 알 것이다. 표지만 봐도 벌써 재밌다. 그때만큼은 이 요리책들이 내게 베스트셀러요, 스테디셀러다. 맛깔나는 사진과 궁금증을 일으키는 제목들. 종류도 어찌나 다양한지. 한식만 해도 간단하게 해 먹을 수 있는 자취 요리부터, 정갈한 비건식, 유명인들의 레시피북, 한국식 퓨전 요리, 도시락 싸는 법 등등 다양하다.

자취를 처음 시작한 당시, 집 앞에 있던 '카페 꼼마'라는 북카페에서 첫 책 작업을 자주 했다. 그곳에서 늦게까지 작업하는 날이 많았는데, 정신을 차려 보면 커다란 유리벽으로 보이는 바깥의 정경이 어두운 푸른색으로 물들어 있곤 했다. 곧이어 꼬르륵 울리는 배꼽시계 소리에 주섬주섬 짐을 챙겨 집으로 돌아가기 직전, 무언가에 홀린 듯 요리책 코너로 향하는 것이 일종의 루틴이었다.

수많은 요리책을 후루룩 넘기다 보면, 왠지 나도 할 수 있을 것만 같은 웅장한 설렘이 느껴지는 책이 있다. 그런 책을 충동적으로 구매하고, 가장 만만해 보이는 레시피를 빠르게 스캔한 뒤, 마트에서 간단히 장을 봐 요리한다. 책과 똑같지는 않지만 대충 비슷한 요리 완성! 노력 끝에 공복을 해결하고, 설거지와 샤워를 끝낸 뒤 잠들기 직전까지 뒹굴거리며 그날 산 요리책을 읽는다. 그러면 비로소 그 책이 내

것이 된 것만 같은, '먹는 존재*'로서의 충만한 하루
가 마무리된다.

3. 넷플릭스

나는 넷플릭스 보는 일을 무척 좋아해서 "넷플
릭스는 볼 게 없다."라든지 "넷플릭스에서 뭐 보지?"
같은 말을 이해할 수 없다. 넷플릭스에는 영화와 드
라마만 있는 것이 아니며 다양하고 신선한 다큐멘
터리와 예능이 있는데, 음식과 관련된 콘텐츠도 무
척 많다. (〈어글리 딜리셔스〉 〈더 셰프 쇼〉 〈셰프의 테이블〉
〈파이널 테이블〉 〈필이 좋은 여행, 한입만!〉 〈파티셰를 잡아
라!〉 등등.) 멕시칸 푸드와 관련된 콘텐츠도 꽤 많은
데, 그중 내가 가장 좋아하는 프로그램은 〈타코 연
대기〉다.

〈타코 연대기〉는 알 파스토르 타코, 바르바코
아 타코, 수아데로 타코 등 다양한 종류의 현지 타코
들의 역사를 소개하는 다큐멘터리 시리즈다. 타코가

* 들개이빨 작가의 식도락 만화 제목.

멕시코인들에게 어떤 의미인지, 다양한 종류의 타코에는 어떤 배경이 있으며, 현대까지 어떻게 이어지고 발전해왔는지를 흥미로운 방식으로 표현해냈다.

한밤중에 공복 상태에서 〈타코 연대기〉를 보고 있노라면, 멀고 먼 멕시코가 마치 전생의 고향처럼 궁금하고 그리워진다. 화면 속 전통 방식으로 만든 타코를 가득 베어 무는 그 입이 나의 입이 아님이 서글퍼진다. 그럼 에라 모르겠다, 영상을 잠깐 멈추고 냉장고 속 재료를 조합해 급하게 타코나 케사디야를 만들어 먹는다. 채워지지 않는 현지만의 무언가가 분명 있지만, 그럼에도 그렇게 공복을 채우고 나면 꽤 만족스럽다. 어쩌면 한밤중에 타코를 먹고 싶어 핑계를 대려고 보는 것일지도 모르겠다. 애태우다 먹으면 더욱 맛있으니까….

지금 이 책을 읽고 있는 당신도 부디 공복이기를 바란다. 시장이 반찬이라는 말이 있듯, 띵 시리즈의 준비물 또한 시장이 필수라는 걸 잊지 마시길!

이딴 걸 누가 먹어? 먹더라고… 내가

들개이빨 작가의 『먹는 존재』라는 웹툰을 아시는지. 이 독특하고 거친 음식 만화의 주인공 '유양'은 못된 상사에게 술에 취해 침을 뱉기도 하고, 친구의 못마땅한 애인 앞에서는 희미한 거짓 웃음조차도 짓지 못하는 자기주장이 강한 캐릭터다. 무당의 말을 믿고 언젠가 자신의 딸이 장관이 되리라 믿어 의심치 않는 엄마, 에일리언 같은 괴수를 그리는 것이 취미지만 돈을 벌기 위해 귀여운 캐릭터를 그리며 살아가는 남자친구 등 주변 캐릭터 역시 유양 못지않게 개성이 강하다. 그런 유양과 주변인들의 관계 속에는 당연하게도 음식이 존재한다. 울고 웃는 우리네 일상이 울고 '먹고' 웃고 '또 먹는' 일상이라는 것을, 우리 모두가 결국 '먹는 존재'라는 사실을 코믹하고 인간적으로 그려낸 멋진 작품이다.

나는 이 만화에서 고수를 처음 보았다. 유양이 남자친구 박병과 썸 탈 때 먹은 쌀국수가 등장하는 에피소드였다. 고수를 추가 주문하는 박병을 본 유양이 고수를 좋아하는 남자는 처음 본다고 하자, 박병 역시 고수를 생으로 씹어 먹는 여자는 처음 본다

말하며 웃는다. 고수가 무언지 몰라 검색해보니 향 때문에 호불호가 극명하게 갈리는 특이한 향신료인 모양이었다. 기묘한 첫인상이었다. 향기면 향기고, 악취면 악취지, 어떻게 두 가지가 함께 공존할 수 있단 말인가? 그랬던 내가 배우 고수가 아닌 풀 고수를 실물로 만나게 된 것은 멕시칸 패스트푸드점 타코벨에서 아르바이트를 시작하면서였다.

당시 처음 맡아보는 멕시칸 푸드의 이국적인 향은 내게 고난이었다. 잠수하듯 가게 안으로 들어갔다가 근무를 마치고 헐레벌떡 뛰쳐나와서야 코로 숨을 쉴 정도였다. 초반에는 알 수 없는 냄새 때문에 일을 그만둬야 하나 고민했었지만, 메뉴를 하나씩 맛보다 보니 거북했던 향이 점차 익숙해지기 시작했다. 게다가 나름 중독적이고 맛있기까지 했다. 흥선대원군이 본다면 역정을 낼 것 같지만, 멕시칸 푸드의 세계로 위태로이 들어서고 있었는데… 윽! 갑자기 어디선가 역한 냄새가 훅 풍겨왔다.

그 냄새는 뭐랄까, 마치 세상에 착한 비누와 나쁜 비누가 싸웠는데 나쁜 비누들이 이겨버린 듯한 디스토피아를 떠올리게 하는, 쓸데없는 상상력을 자극하는, 그런 황당한 냄새. 근원을 찾기 위해 인상을 팍 찡그린 채 있는 힘껏 숨을 들이마셨다. 그러자 나의 후각은 무언가를 종종종 썰고 있는 한 직원의 도마 위로 이끌렸다.

"윽! 이게 뭐예요?"

"이거? 고수."

여어, 이제 오는구만, 늦었다구. 직원의 느끼한 눈빛을 보아하니 이런 반응이 한두 번 아닌 듯했다.

"그걸 왜 썰고 있어요?"

"이거? 피코 데 가요*에 들어가는데?"

순간 이곳의 음식에서 가끔 씹혔던 무언가의 거북한 향이 떠올랐다. "아하, 그렇군요!"를 외친 나는 뒤돌아서 바로 마음의 편지를 띄웠다.

고수 님께.

처음 뵙겠습니다. 안녕하신지요? 저는 안녕하지 못합니다. 가끔 타코에서 느끼곤 했던 아빠의 유

---

* 토마토, 양파, 할리피뇨 등을 버무린 멕시칸 소스.

통기한 지난 스킨 맛의 원인이 당신이었다는 걸 방금 알게 된 참이거든요. 초면에 풀을 경멸해보는 건 저도 처음인데요. 만나서 더러웠고 다시는 만나지 맙시다.

수희의 후각으로부터.

그때부터 누군가 고수를 손질하기 시작하면 최대한 먼 곳으로 도망쳐 거기서조차 코로는 숨을 쉬지 않았고, 피코 데 가요는 입에 대지도 않는 나날이 이어졌다. 그렇게 나와 고수 사이에 굳건히 세워져 있던 척화비는 어느 날 나타난 직원 Y에 의해 무너지게 된다.

Y는 내게 고수 다듬기를 지시했다. "어떻게 하고 싶은 일만 하고 사니!"라는 말과 함께. 결국 나는 척화비를 구석에 치워둔 채 칼을 들고 고수 앞에 설 수밖에 없었는데, 자세히 살펴보니 아무리 봐도 그저 평범한 풀이었다. 악취가 날 거라고는 상상할 수 없는 이 여리여리한 풀의 정체는 무엇이란 말인가? 인간은 어쩌다 고수를 먹기 시작했단 말인가? 고수를 다듬는 동안 인간의 먹고자 하는 근성에 경탄을

하며 잠깐 쿵쿵 냄새를 맡아보고 곧바로 후회하는 일을 반복했다. 그러자 언제부턴가 고수 냄새가 유쾌하지는 않아도 점차 익숙해져 코의 봉인을 해제할 수 있었다.

그러나 또 다른 예상치 못한 억울한 일들이 생겨나는데…. 당시 한국의 소비자들에게 멕시칸 푸드는 매우 낯선 음식이었고 고수 또한 마찬가지였다. 음식이 상한 것 같다며 먹고 있던 브리또나 타코를 들고 오는 손님들도 종종 계셨다. 우리는 그것이 고수라는 풀 때문이며, 특유의 향이 그렇다고 설명해야 했고, 끝까지 믿지 못하는 손님에게 생고수를 통째로 들고 가 향을 직접 맡거나 드시게 한 적도 있었다. 때문에 피코 데 가요에 고수를 극소량만 넣고 섞었는데, 그렇다면 나머지 고수는 다 어디로 가느냐? 그때만 해도 그다지 친하지 않고 조금 얄밉기도 했던 직원 Y의 입이었다.

그녀는 식사 시간마다 내가 다듬어놓은 고수를 한 움큼 가져가 "오홍~" 교태 어린 탄성을 내지르며 무척 맛있게 먹었다. 그 꼴이 참 보기 싫었다. 내가 다듬은 고수가 대부분 Y의 입으로 들어간다면, Y가 다듬으면 되는 것 아닌가?

"그게 그렇게 맛있어요?"
"수희 씨도 먹어볼래요?"

눈앞에 불쑥 나타난 녹색 풀. 잠시 머뭇거리다 용기 내어 가만히 씹어보았다. 그러자 어떤 맛이 본격적으로 피어오르기 시작했는데, 이것을 뭐라고 묘사해야 할까? 그러니까, 이것은 아주아주 오묘한… 퐁퐁의 방귀 맛?

"으악! 다시는 주지 마세요!"
"와하하~ 이 좋은 걸 나만 먹네? 나는 좋지 뭐!"

이후로 Y는 내 반응이 재밌었는지, 〈포켓몬스터〉에서 파를 무기처럼 휘두르는 오리 '파오리'처럼 고수를 쥐고 위협적으로 흔드는 퍼포먼스를 선보이곤 했다. 그리고 더욱 찬미했다. 타코 위에도, 브리또 위에도, 케사디야 위에도 고수를 듬뿍 올려놓고 와구와구 먹어대는 그녀를 볼 때면, 나도 모르게 '다시 한번…?' 혹할 수밖에 없었다. 손님 중에서도 고수를 빼달라는 분들이 더 많았지만, 때로는 고수를 많이 줄 수 있냐고 간곡히 요청하는 분도 있었다. 도대체 저 고약한 풀에 어떤 매력이 존재하기에 어떤 손님은 많이 먹고 싶어 안달하고, Y는 탄성까지 지른단 말인가?

그때부터 왜인지 모르겠지만 '고수 먹는 사람들을 이해해보고 싶어' 작전에 돌입했다. 어쩌다 고수가 씹히면 움찔했지만, 최대한 음미하려 노력했다. 고수를 다듬을 때도 향수를 대하듯 섬세하게 숨을 들이마시는 특훈의 나날이었다. 그러던 어느 날, 브리또에서 씹히는 고수로부터 향긋한 쾌감이 입안 가득 번졌다. 씹으면 씹을수록 마치 화학작용처럼 본래의 재료와 뒤섞여 새로운 맛을 만들어내는 특별함이 있었다. 이거야? 이거였어? 유레카! 마침내 나는 고수를 먹기 시작했고, Y는 어이없어했다. 입만 대도 헛구역질하던 애가 갑자기 고수 더미를 모조리

들고 가 여물처럼 씹고 있으니, 그럴 수밖에. 그러니까 누가 내 앞에서 고수 휘두르래?

고수에 대한 호불호는 타고난 유전자 때문일지도 모른다는 뉴스를 봤다. 내가 못 먹는 유전자를 극복한 것인지, 처음부터 고수를 먹을 줄 아는 유전자를 가졌는지는 잘 모르겠다. 단 한 가지 분명한 것은, 맛과 향의 세계는 참으로 아이러니하다는 것. 새로운 맛에 눈이 뜨이는 순간은 황홀하고 멋지다는 것. 멕시칸 푸드라는 신세계의 서막을 열어준 첫 번째 열쇠, 고수! 이쯤에서 내 친구 파오리 아니, '고수오리' Y에게 감사를 전한다. 그라시아스(Gracias)!

고수를 키우기 시작했는데
꽃이 피었습니다. 예뻐요!

너무너무 프레시해

나에게 생토마토는 애매한 존재다. 햄버거나 샌드위치 주문 시 토마토를 빼달라는 요청을 깜박할 때가 있는데, 그럴 땐 첫입부터 작게 탄식한다. 그렇다고 먹던 것을 뱉는 건 아니고, 맛없는 식사였다고 시무룩해지는 것도 아니다. 뭐랄까, 이건 어쩌면 맛의 문제가 아니라… '너무너무 프레시'하다는 게 문제. 생토마토의 향과 맛은 너무 싱싱하고 생생하고 파릇파릇하다. 싫은 건 아니고, 아니 좋은데, 좋은 분 같은데, 당신과 제가 함께할 수는 없을 것 같아요… 우린 달라요… 당신은 지나치게 착한 맛이 납니다. 이런 느낌?

그러나 이 모든 부정적인 의견을 뒤집은 주인공이 있었으니, 각종 수련 끝에 고수를 먹게 된 내가 다음으로 눈을 뜬 것이 바로 생토마토가 들어간 '피코 데 가요'였다. 토마토와 양파, 고추를 작게 깍둑썰어 넣고 고수를 다져 라임즙과 버무린 멕시칸 특유의 소스인 피코 데 가요는 음식과 생토마토는 어울리지 않는다는 나의 고질적인 편견을 깨뜨렸다. 라임즙의 상큼함과 고추의 매콤함이 토마토의 프레시

함과 음악처럼 어우러져 자칫 느끼할 수 있는 타코의 맛을 한층 생동감 있게 이끌어낸다.

여전히 햄버거와 샌드위치에서 토마토를 빼고 먹지만, 타코에 피코 데 가요만큼은 왕창 올려놓고 먹는다. 국밥 먹을 때 깍두기, 김밥 먹을 때 단무지를 먹는 것처럼. 혹시 나처럼 생토마토를 싫어하는 분이 계시다면, 혹은 토마토를 엄청 좋아하는 분이 계시다면 꼭 멕시칸 푸드를 드셔보시라. 토마토를 맛있게 먹는 방법은 토마토의 원산지인 멕시코 사람이 가장 잘 아는 법!

타코벨에서 아르바이트생으로 근무하는 동안에는 늘 가게를 오픈하기 전에 토마토를 깍둑썰어 피코 데 가요를 만들어야 했다. 야행성인 내게 새벽 오픈 준비는 매우 고역이었지만 피코 데 가요를 만드는 일만은 척척 진행돼서 즐거웠다. 썰어놓은 토마토의 즙을 충분히 빼고 양파와 고추, 고수를 다져 넣고 본사에서 도착한 소스를 버무리면 완성. 그렇게 한 통의 피코 데 가요를 만들고, 깍둑썬 생토마토도 한 통 준비해놓고 나면 부족한 잠으로 심통 났던

새벽은 지나가고 그날 하루가 기다려졌다.

다음으로 일했던 곳은 멕시칸 푸드를 파는 술집이었다. 음식을 서빙하거나 칵테일을 만드는 홀 아르바이트생이었지만 주방에서 일어나는 일들이 신기해 자주 곁눈질했다. 본사에서 온 소스가 아닌, 방금 짠 라임즙으로 피코 데 가요를 만드는 모습을 그곳에서 처음 봤다. 패스트푸드점과 달리 그때그때 주문이 들어오는 대로 재료를 손질하고, 고기를 볶고, 요리하는 모습을 보는 재미가 있었다. 사장님과 주방 언니는 음식에 대한 나의 자잘한 질문에 항상 유쾌히 대답해주었다. 내가 집에서 요리를 하게 된 계기도 이곳에서 주방을 구경하며 이것저것 보고 들은 경험에서 비롯되었을 것이다.

멕시칸 패스트푸드점에서 약 3년, 멕시칸 술집에서 약 1년, 도합 4~5년간 멕시칸 푸드와 관련된 곳에서 아르바이트를 했다. 술집에서 일할 때 쌓여 있는 토마토를 보며 '어쩌다 멕시칸 푸드와 이렇게 지독하게 얽히게 됐지?' 싶기도 했다. 그다음에 근무한 곳은 브런치 카페였는데, 거기서 다시 한번 놀라고 말았다. 브런치에 피클 대신 피코 데 가요가 나가는 것이 아닌가! 어떻게 일하는 곳마다 피코 데 가요가 있는 건지. 피코 데 가요를 만들고 파는 일이 이십대의 전부였다고 말할 수도 있겠다. 그 세월을 지나 자취하는 지금, 김장은 하지 않을지언정 피코 데 가요만큼은 냉장고에 한 통 가득 채워두는 내 모습이 조금 웃기다. 어쩌면 멕시칸 푸드와 나의 질긴 인연을 오늘날까지 이어준 것은 너무너무 프레시한 피코 데 가요가 아니었을까?

피코 데 가요를 오래 놔두면
신김치 냄새가 납니다.

미지의 초록 열매

전 세계에서 '천하제일 잘 먹고 산다 대회'가 동시다발적으로 진행되고 있다. 자신이 무얼 먹는지, 어떻게 먹는지, 어디서 먹는지 알리기 위해 모두 끊임없이 노력한다. 세상에 이렇게 다양한 식재료, 조리법, 메뉴가 존재한다는 걸 소셜 네트워크의 발전이 아니었다면 지금만큼 알기는 어려웠으리라. 그 영향으로 대부분의 한국인이 존재조차 몰랐던 음식이 열풍을 타고 알려지기도 했다. 그중 가장 대표적인 재료가 '아보카도'다.

불과 몇 년 안 되는 짧은 시간에 아보카도가 각종 식당과 마트에서 대중화된 것을 보면 아직도 신기하다. 내가 처음으로 이 미지의 초록 열매와 마주쳤던 것은 타코벨에서 일하던 때였다. 어느 날 어떤 여성 손님이 조심스럽게 카운터로 다가와 조심조심한 목소리로 조심히 물었다.

"저기 혹시… 과카몰레 있나요…?"

손님의 과하게 조심스러운 행동과 생소한 단어의 조합이 마치 미국 드라마 속 마약 밀거래 장면을 연상케 했다.

"각하… 몰래요…?"

"네…? 과카몰레요. 아보카도 없나요…?"

"아, 매니저님께 물어보고 말씀드릴게요. 잠시만요, 손님."

물론 나는 '그런 건 당연히 없지!'라는 생각이었지만, 의례상 직원 Y에게 다가가 물었다.

"언니, 손님께서 각하… 아보… 뭐 그런 걸 찾으시는데, 있어요?"

그 순간, 전날 밤새 놀고 출근해 흐리멍덩한 눈으로 앉아 있던 Y의 눈동자에 번쩍 생기가 돌았다. 냉동실로 후다닥 들어간 Y는 초록색 무언가가 들어 있는 작은 플라스틱 통을 들고 손님께 외쳤다.

"저희 과카몰레 있어요!"

그러자 손님은 좀 전의 소심한 모습과 달리 환하게 웃으며 펄쩍 뛰었다.

"정말요?!"

"그런데 냉동 상태라서 몇 시간 해동한 후 드셔야 하는데 괜찮으세요?"

"그럼요! 와… 아보카도 너무 먹고 싶어서 여기저기 돌아다녔거든요! 많아요?"

"네, 과카몰레 찾으시는 분이 잘 안 계셔서, 재고 남으면 맨날 저 혼자 먹었어요."

어째서인지 Y는 손님만큼이나 흥분한 눈치였다. 나는 이 둘 사이에서 은밀하게 이루어지는 대화와 저 미지의 초록색이 무얼 의미하는지 당최 알 수 없었다. 그래서 저것의 명칭은 과카몰레인 것인가, 아보카도인 것인가? 그리고 저게 맛있는데 지금까지 Y 혼자 먹고 있었다? 왜 당신만 먹는지? 나도 맛있는 거 먹을 줄 알거든?

일단은 여러 의문을 뒤로한 채 손님께 과카몰레 몇 개를 포장해 드렸다. 신나게 걸어가는 손님의 뒷모습을 지켜보며 Y에게 물었다. "저게 도대체 뭐예요?" "저건 아보카도를 으깬 과카몰레라는 거야." 간단하고 친절한 설명이었지만 나는 아보카도가 무엇인지도 몰랐다. 그러자 Y는 핸드폰으로 잽싸게 아보카도 사진을 검색해 보여주었다. 표면이 우둘투둘하고 까맣고 길쭉한 달걀처럼 생긴 열매. 중앙을 가르면 커다란 원형 씨앗이 있고, 안쪽은 크림색을 섞은 초록색 열매. 저 알맹이를 으깨면 과카몰레가 되는 건가…? 다진 마늘은 다진 마늘이라고 부르면서 왜 과카몰레는 으깬 아보카도라고 부르지 않지? 처음 보는 아보카도의 사진은 나를 더욱 미궁 속으로 몰아넣었다. 그래서 저게 뭔데?

Y는 호주에서 워킹홀리데이를 했던 시절, 아보카도를 많이 먹었다고 했다. 해외에서는 아보카도를 샌드위치에도 끼워 먹고, 샐러드 위에도 올려 먹는다고, 아보카도 옵션이 없는 식당이 거의 없다고 했다. 식감은 크리미하고 맛은 거의 아무 맛이 나지 않는 '무(無)'맛이라고 묘사했다. 무맛이 맛이라고 할 수 있나? Y는 궁금해하는 나를 위해 해동한 과카몰레를 나의 식사에 일부 덜어주었다. 어떻게 먹냐고 물으니 "아무 데나 올려 먹으면 돼! 네 마음대로!"라는 더욱 어려운 답변이 돌아왔다. 일단 조금 떠서 입에 넣어보았다. 질척하고 미끄럽고 비리고… 무맛이 뭔지 알 것만 같은 참 어려운 맛이었다. 음… 나 이거 안 먹을래요, 거부하니 Y가 의기양양하게 말했다.

"이제 알겠어? 이러니까 나 혼자 먹은 거야. 이 맛있는 걸 모르네, 어린 것들이."

그렇게 아보카도는 내 인생에 영원히 들어올 일 없는 식재료인 것 같았다. 고수만큼 난이도 높은 맛이랄까. 하지만 훗날 두 번째로 일하게 된 멕시칸 술집에서 수북이 산처럼 쌓인 아보카도를 운명처럼 만나게 된다. 신문지에 싸서 아보카도를 익히는 방법과 깨끗하게 껍질을 벗기고 자르는 방법도 배우고, 냉동이 아닌 즉석에서 과카몰레를 만드는 방법도 배우게 된다. 일터에선 타코가 주식이다 보니 자연스럽게 자주 먹게 되었고… 자꾸 먹다 보니까… 이런 이야기들이 늘 그렇듯, 어느 순간 맛의 묘미를 깨달은 숭배자가 되었다는 흔한 결론.

아보카도가 금방 전국적으로 유행하고 자리 잡을 수 있었던 가장 큰 이유는 멕시코식, 한식, 양식을 가리지 않고 모든 음식에 어울린다는 장점 때문일 것이다. 이토록 개성이 강하면서도 유연한 재료가 있나 감탄하지 않을 수 없다. 어쩌면 아보카도는 어려운 맛이 아니라 간단한 맛 아닐까? 버터처럼 고소하고, 감자처럼 부드럽고, 초록처럼 건강한 맛. 지구촌 모든 재료의 친구 같은 맛. (쓰고 보니 복잡한 것 같다….)

아보카도 씨앗
싹 틔우기 도전!

잘 말아줘

그림을 그리는 사람들은 손재주가 좋을 것 같다는 오해를 자주 받는다. 하지만 나는 어릴 때부터 손재주가 없어 곤욕을 치러왔다. 오죽하면 미술 시간의 만들기 수업을 제일 싫어했을까. 무언가를 오리고 붙이는 과정은 고역이었다. 그런 내가 멕시칸 푸드 가게에서 일하며 겪은 고충이 하나 있었으니, 바로 '브리또 말기'였다.

브리또란 또띠아에 여러 재료를 올려 원통 모양으로 말아서 들고 먹는 식사다. 우리나라의 김밥이나 비빔밥처럼 무엇이 들어가든 상관없고 맛만 있으면 되기 때문에 여러 가지 변형이 가능하다. 일반적으로는 고기와 밥, 야채, 치즈, 살사소스 등이 베이스로 들어간다.

더 자두의 〈김밥〉이라는 곡에는 "잘 말아줘~"라는 가사가 나온다. 내가 매일 하는 걱정거리가 바로 그것이었다. 브리또 역시 잘 말아야 하고, 옆구리가 터져서는 안 된다. 다행히 손님 응대에 재능이 있었던 나는 캐셔로서 명성을 떨치며 주방의 일과는 상관없는 하루하루를 보낼 수 있었다. 앞서 언급한 직원 Y가 나타나기 전까지는….

"너는 그림 그리는 애가 왜 브리또를 못 말아?"

아니 내가 커다란 캔버스에 유화 물감으로 브리또랑 나초를 그리는 것도 아닌데, 브리또 하나 못말면 안 되는 거야? 도대체 브리또랑 그림이랑 무슨 상관인데! 빽 소리를 질러버리고 싶었지만, 혼자서 2PM의 데뷔곡을 재현하려 아크로바틱이라도 한 듯 옆구리가 다 터져버린 나의 처참한 브리또를 보니 할 말이 없었다. 브리또가 "이제 그만 끝내줘…."라고 속삭이는 듯했고, 어디선가 노래가 들려오는 것만 같았다.

그녀의 브리또는 터졌어! 브리또는 터졌어! 십점 만점에 빵점!

그러나 어릴 때부터 동생을 포대기에 싸온 실력이 뒤늦게 발현된 것일까? (그림 에세이 『동생이 생기는 기분』 81쪽 참조.) 어느 순간부터 잘 말린 브리또를 잘 말 수 있게 되었다. 아마 연이은 단체 주문을 거치며 단련된 것 같다. 잘 만든 브리또를 손님에게 전달할 때마다 작은 성취감이 착착 쌓였다. 내게 슬픔이었 던 메뉴가 일의 기쁨이 된 것이다.

다시 생각해보건대 브리또는 자기계발서 같은 음식이다. 무슨 맛대가리 없는 말이냐고? 한때 유행 하는 자기계발서는 다 읽어버릴 만큼 자기계발 중독 자였던 나는 책 속의 모범적이고 당연한 규칙들이 브리또를 마는 법과 유사하다는 것을 깨달았다.

첫째, 시작이 중요하다.

그릴 위에 또띠아를 올리는 순간, 마치 음악 을 지배하는 디제이가 된 듯 이리저리 돌려 잘 구워 야 한다. 많이 구우면 두꺼운 종이처럼 '바삭' 하면 서 터지고, 덜 구우면 밀가루 냄새가 나면서 천처럼 '북' 찢어진다. 적절하게 구워진 말랑말랑 따뜻한 또 띠아는 맛 좋은 냄새가 나며 재료를 가득 넣고 말아 도 모양이 깔끔하게 잡힌다.

둘째, 균형이 중요하다.

재료들을 질서 있게 올려주어야 한다. 앞부분에 고기와 소스가 뭉쳐 있고 뒷부분에 밥이 뭉쳐 있다면 초반엔 짜게 먹다가 마지막엔 싱거운 맨밥을 씹으며 우울하게 식사를 마쳐야 할지도 모른다. 또한 재료를 고르게 올리지 않으면 또띠아가 터질 수 있다. 브리또를 잘 말게 된 다음에도 이러한 기본적인 규칙을 잠시 잊을 때면 브리또의 옆구리는 어김없이 터지곤 했다. 적절한 굽기의 또띠아와 균형 잡힌 재료가 브리또의 키포인트인 것이다.

이런 나의 브리또 자부심과 관련해 잊을 수 없는 추억이 있다. 어느 날 한 외국인 손님이 매운 브리또를 주문했다. 적절하게 잘 구운 또띠아 위에 적당량의 재료와 소스를 가지런하게 올려 말아 쥐는 순간 직감하고 말았다. 이것은 마스터피스라 불릴 수 있는… 완벽한 균형감을 가진 '절대 브리또'라는 것을.

아니나 다를까 나의 '절대 브리또'를 먹은 외국인은 식사를 마치고 심각한 표정으로 다가왔다. 그는 이 프랜차이즈를 매우 좋아하며 전 세계 어딜 가든 이 메뉴를 꼭 먹어본다고 했다. 기가 막힌 타이밍이었다. 브리또도 먹어본 놈이 안다고, 브리또를 먹을 줄 아는 브리또 마스터가 나의 마스터피스를 먹은 것이다! 그는 이걸 누가 만들었냐고 진지하게 물었고 계산대 직원은 얼떨떨한 표정으로 나를 가리켰다. 그는 주방에서 위생장갑을 끼고 서 있는 내 두 눈을 바라보았다. 그리고 한 단어 한 단어 힘주어 말했다.

"디스 브리또 이즈 더 베스트 인 마이 라이프."
나 역시 그의 경건한 눈빛을 마주하며 답했다.
"예아. 댓츠 마이 브리또."
이 순간은 내 인생의 빛나는 명장면으로 남아 있다.

치즈 들어간 그거 주세요

타코라면 질색하는 사람이 있다. 물론 브리또를 질색하는 사람도 있다. 그러나 케사디야를 싫어하는 사람? 글쎄, 본 적 없다. 혹시 있다면 일단 나는 그들과 마주친 적이 없다. 그래, 뭐, 있기야 있겠지. 그럼에도 나는 고집스럽게 외치고 싶다. 한국인 대다수는 케사디야를 싫어할 수가 없어! 우리는 온갖 음식에 치즈 사리를 추가하는 치즈의 민족이니까!

케사디야란 커다란 또띠아에 치즈를 주재료로 넣고 반달 모양으로 접어 앞뒤로 구워낸 음식이다. 이름이 특이해 단번에 파악하기 힘들지만 타코나 브리또보다 훨씬 친숙한 피자 형태를 닮았기 때문에 사진을 보면 대부분 호감을 갖는다. 입맛이 보수적인 중노년 손님들도 케사디야를 맛보면 다시 찾는 경우가 많다.

"그때 먹은 그거 뭐더라. 여기 학생이 추천해준 거 맛있던데. 이름이 까사달리였나? 치즈 들어간 건데!"

"아, 케사디야 말씀하시는 건가요?"

"네네, 맞아요, 그거! 께사달라 주세요! 피자 같은 거!"

손주에게 먹이고 싶다며 포장해 가는 분들도 계시고, 고기와 소스는 빼고 치즈만 깔끔하게 넣어 커피에 곁들여 간식으로 즐기는 분들도 계신다. 나 역시 처음으로 거부감 없이 먹었던 멕시칸 푸드가 케사디야였다. 피자는 한 판 시키면 다 먹기 어렵지만, 케사디야는 딱 적당한 양인 데다 뜨끈한 치즈가 늘어나는 맛의 즐거움이 펼쳐진다. 치즈를 좋아하는 한국인들에게 이처럼 적당한 요깃거리가 있을까?

케사디야는 집에서도 쉽게 만들어 먹을 수 있다. 또띠아와 모차렐라 치즈, 넣고 싶은 부재료만 있다면 말이다. 약불로 살짝 달군 프라이팬 위에 또띠아를 올리고 가장자리 중심으로 치즈를 넉넉하게 올린다. 치즈가 살짝 녹으면 부재료를 올린 뒤, 반으로 접어 앞뒤로 굽는다. 반달 모양의 또띠아 표면이 예쁜 갈색을 띠면 접시에 담아 칼이나 가위로 등분하여 삼각형 모양을 내면 완성이다. 불에 올려 굽는 것이 귀찮다면 또띠아를 반으로 접어 치즈를 넣은 뒤

앞뒤로 30~40초씩 전자레인지에 돌리는 방법도 있다. (하지만 굽는 것이 압도적으로 맛있으니 귀찮음을 이겨내야 한다.) 모차렐라 치즈에 체더 치즈나 리코타 치즈 같은 다른 종류의 치즈를 추가하면 풍미가 다양해진다. 이렇듯 케사디야는 조리법이 간단하며, 딱히 부재료를 넣지 않아도 맛있다.

멕시칸 푸드 전문점의 맛을 집에서도 느끼고 싶다면 치폴레 소스를 구매해보자. 쌀국수에 넣어 먹는 스리라차 핫소스도 추천한다. 또띠아 위에 소스를 바르고 그 위에 치즈를 올려 조리하면 여느 외식 부럽지 않다. 부재료로 불고기나 볶음김치를 넣어 먹으면 'K-케사디야'를 경험할 수 있다. 치즈와 잘 어울리는 재료는 다 가능하다. 토마토나 바질을 넣어도 되고, 먹다 남은 치킨을 잘게 잘라 넣거나, 할라피뇨가 없으면 청양고추나 양파를 송송 썰어 넣어도 식감이 살아 맛있다.

멕시칸 푸드를 시도하고 싶지만 실패가 두렵다면, 무조건 케사디야를 추천한다. 케사디야와 함께

라면 낯설게만 느껴졌던 멕시칸 푸드와 서서히 가까워질 수 있을 것이다. "케사디야 빼고는 다 별로지 않나?" 하면서 타코도 먹어보고, 브리또도 먹어보다가 멕시칸 푸드에 빠진 사람을 하나 알고 있기 때문이다. 그러다 언제부턴가 멕시칸 푸드를 며칠 먹지 않으면 허전하고, 또 먹고 싶고, 또또 먹고 싶어지고, 질렸나? 싶다가도 다시 먹으면 엥? 질린 적이 없는데? 질리는 게 뭐지? 싶어진… 그러다 결국 책까지 쓰게 된 사람이… 바로 나다.

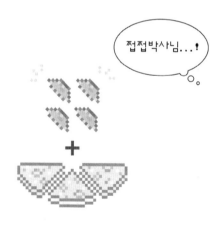

쩝쩝박사님...!

홍석천 씨가 방송에서
냉동 만두의 소를 넣은 만두 케사디야를
만드는 걸 본 적 있어요.

처음이라 그래 몇 년 뒤엔 괜찮아져

띵 시리즈를 준비하면서 즐거웠던 일 중 하나는 막 출간된 신간을 바로 받아볼 수 있다는 것이었다. 매번 새로운 작가님들의 음식 에세이를 읽는 것도 즐거웠고, 근간 목록에 적힌 내 이름과 그 옆의 '멕시칸 푸드'라는 글자를 보는 것도 신기하고 좋았다.

근간 목록에 내 이름이 가장 먼저 새겨진 책은 바로 방송작가 배순탁의 '평양냉면' 편이었다. 『처음이라 그래 며칠 뒤엔 괜찮아져』라는 제목을 보자마자 감탄의 박수가 터져 나왔다. 브라운 아이즈의 명곡 〈벌써 일 년〉의 가사 첫마디를 따온 이 제목은 평양냉면의 호불호와 중독적인 명성에 너무나 들어맞는 것이었다.

평양냉면은 무조건 삼세판이라는 이야기가 있다. 그런 점에서 나는 아직 한 판밖에 시도해보지 못한 새내기에 불과하다. 처음이자 마지막으로 평양냉면을 먹었을 때가 기억난다. 첫입을 삼키고 식당 직원의 눈치 먼저 살폈다. 도대체 내가 이 가게에 들어설 때 무엇을 잘못했기에 저분 마음을 상하게 했을까 곱씹기 위해서. 내가 만약 외국인으로서 평양냉면을 먹었다면 인종차별을 당했다고 생각했을 법한 충격적인 맛이었다. 을지로의 유명한 맛집이라고 해서 같이 가보자고 한 친구는 내가 몇 입도 제대로 못 먹자 너무 미안해했다. 점심으로 평양냉면을 먹은 후 그 친구와 함께 저녁으로 돈가스를 먹었는데 내가 무척 맛있게 먹는 바람에 또 한 번 친구를 슬프게 하고 말았다.

"이렇게 잘 먹는 애한테 내가 무슨 짓을…."

그 이후로 평양냉면을 입에 대본 적도 없고 머릿속에 떠올려본 적도 없다. 고수처럼 나의 승부욕을 자극할 만한 매력도 없었다. 그냥… 함흥냉면 먹으면 되잖아? 우리에겐 함흥이 있잖아? 하지만 '평양냉면' 편을 읽을수록 아, 이거 뭔데, 다시 먹어봐야겠는데, 하는 욕구가 스멀스멀 올라왔다. 그래서 언젠가 날 잡고 책에서 언급한 가게들을 투어할 계획이다. 삼세판을 마치고 나면 내게 평양냉면이 어떤 존재가 되어 있을지 벌써부터 궁금해진다.

이렇듯 나처럼 궁금한 음식을 맛보며 맛의 영역을 개척하는 모험 타입이 있는가 하면, 평소에 좋아하는 음식만을 순정으로 즐기는 안정 타입이 있다. 정답은 없지만, 분명한 건 이 두 부류는 서로를 이해할 수 없다는 것.

전자에 해당하는 나의 경우는 카페나 식당을 가면 맛을 예측할 수 없는 메뉴를 시켜본다. 아는 맛이 따분한 게 아니다. 모르는 맛을 먹어볼 기회가 눈앞에 있기 때문에 택할 뿐이다. 새로운 메뉴를 성공하면 기분이 좋다. 맛의 스펙트럼이 넓어지는 것만 같고, 그것이 단면적인 내 일상을 입체적으로 만드는 것만 같다. 물론 실패할 때도 있다. 그런 경우에는 아는 맛에 감사하며 겸허함을 배운다.

후자는 나의 가까운 사람이 해당되는데, 애인 견우(가명)가 그렇다. 그는 내가 타코벨 아르바이트생일 때부터 사귀었으므로, 나의 멕시칸 푸드 추앙 역사를 지켜봐온 증언자다. 그런 그와 함께 먹은 수많은 데이트 음식 중 '타코'는 찾기 힘들다. 누군가 내게 좋아하는 음식이 무엇이냐 묻는다면 나는 그 리스트를 밤새워 말할 수 있지만, 그가 좋아하는 음식은 딱 다섯 가지다. 김치찌개, 라면, 치킨, 햄버거,

떡볶이. 약 7년 동안 멤버가 바뀌거나 추가된 바가 없다. 색다르고 이국적인 음식을 먹자고 제안하면 의외로 순순히 따라오지만, 그것을 두 번 이상 맛보는 것은 꺼린다. 사귀고서 처음으로 멕시칸 푸드를 먹었을 때도 나에게 이렇게 말했다.

"맛있어. 맛은 있는데… 1년에 한 번 정도 먹을 수 있을 것 같아. 오늘 한 번 먹었으니까 1년 뒤에 또 먹자."

뭐요? 1년 뒤요? 나는 매일 먹고 싶은데, 데이트로 1년에 한 번만 먹을 수 있다고? 아무리 입맛이 주관의 영역이라지만 1년에 한 번은 너무 가혹한 것 아닌가. 맛있다면서 왜 1년에 한 번만 먹어? 맛있으면 더 먹어야지. 무슨 타코계의 견우와 직녀냐? (가명이 견우인 이유.) 그리고 누가 1년 뒤에도 너랑 만나준대? (만나고 있음.)

그 이후로 내가 같이 타코를 먹자고 조르면 견우는 가만히 생각에 잠긴다. 마지막으로 타코를 먹은 지 벌써 1년이 되었나…? 흐릿한 기억을 더듬거리면서 조금이라도 시기를 늦추려 노력하는 견우…. 그 모습이 매우 얄미운 이유는 막상 타코집에 가면 나 못지않은 기세로 굉장히 맛있게 싹싹 긁어 먹기 때문이다. "이렇게 잘 먹으면서 왜 1년에 한 번만 먹겠다는 거야?"라고 물어보면 견우는 어깨를 으쓱하며 "몰라. 맛있긴 한데 내 스타일은 아닌 것 같아."라고 답한다. 식사 예절에서 가장 중요한 것은 취향 존중이니 어쩔 수 없다.

그런 견우와 함께 타코를 좀 더 자주 먹게 된 계기는 내가 띵 시리즈를 계약한 것이었다.

"나 글 써야 해서… 오늘 타코 먹을래. 타코적인 영감이 필요해. 일이니까 도와줘. 두 명이서 가야 더 많이 시키지."

이렇게 말하면 '일'이라는 단어에 꽂힌 견우가 함께 가준다. 덕분에 타코를 1년에 한 번만 먹는 칠월칠석 이벤트는 그만둘 수 있었다. 심지어 어느 날은 타코를 먹은 지 며칠 지나지 않았는데도 먼저 타코를 먹자고 제안해 나를 놀라게 만들었다. 나는 내

심 승리의 미소를 지었다. 청년이여, 드디어 타코에 스며들었구나. 타며들었어!

"이제는 뭐… 한 달에 한 번 정도는 먹을 수 있을 것 같아."

1년에서 한 달로 주기가 바뀌다니! 내가 좋아하는 음식을 좋아하는 사람이 함께 좋아해준다는 것은 너무나 즐겁고 행복한 일이다.

그러니 '비'타코인 여러분, 타코를 포기하지 마세요. 가끔은 시도해주세요. 혹시 모르잖아요? 처음이라 그래요. 몇 년 뒤면 괜찮아집니다.

야간 부엌 소동

세상에는 많은 구경이 있다. 꽃구경, 경치 구경, 싸움 구경 등등… 수많은 구경 중에서 내가 가장 좋아하는 게 무엇일까 생각하니 딱 두 가지가 떠오른다. 마트 구경과 서점 구경.

마트와 서점은 비슷한 구석이 많다. 꾸준하게 팔리는 제품이 있고, 신제품이 있다. 간간이 매대의 위치가 바뀌는 것도 비슷하다. 필요한 물건이 있어서 갈 때도 있지만, 그렇지 않아도 굳이 가서 구경하게 된다. 이거 맛있는데, 이거 재밌는데, 이거 또 먹고 싶다, 이거 읽고 싶다, 이런 게 나왔네? 궁금하다 등등의 말들을 속으로 읊조리면서 몇 시간이고 혼자서 놀 수 있다.

주머니 사정에 따라 마음가짐이 달라지는 것도 비슷하다. 아직 집에 먹을 게 있잖아… 아직 집에 안 읽은 책이 많으니까… 자신을 다독이며 내려놓았던 수많은 매혹. 특히 마트의 신선 식품 코너를 지날 때면 애달픔 지수가 높아진다. 저 수많은 스시와 튀김과 고기들! 까마귀가 반짝이는 물건에 끌리듯 멀리서부터 홀린 듯이 걸어가지만, 가까이에서 본 가격

표의 근엄함에 짓눌려 감히 들었다 놨다 할 엄두조차 내지 못한다. 집에 있는 반찬 먹자, 수희야… 네가 이걸 먹을 자격이나 있니? 잘 생각해보자. 그러다 문득 시계를 본다. 지금이 몇 시지?

서점과 마트의 다른 점은 여기서부터 시작된다. 해가 저물 때쯤에는 신선 코너의 '신선' 역시 함께 지는 법. 오후 8시 30분부터 마트 안의 모든 사람이 단 하나를 기다리고 있다는 듯 아무도 음식 팩을 집어 들지 않는다. 그 이유는? 획기적인 가격으로 특별식을 먹을 수 있는 '야간 할인' 시간이 다가오고 있기 때문이다.

마트 직원이 무표정한 얼굴로 가격 스티커를 새로 찍어내는 모습이 보이는 순간! 카트를 끌던 사람, 장바구니를 든 사람, 맨손으로 구경 중이던 나 같은 사람도 다 함께 직원을 고요히 주시한다. 그의 무심한 손끝에서 음식 하나하나에 새로운 숫자가 매겨질 때, 마치 영화의 클라이맥스를 바라보듯 침을 삼킨다. 내가 먹고 싶은 족발… 내가 먹고 싶은 회… 내가 먹고 싶은 새우튀김에 보다 저렴해진 가격표가

붙자마자 낚아채는 환희! 이 기쁨의 이유는 바로 '새우 타코' 때문이다.

처음으로 새우튀김 타코를 먹었을 때의 감동을 기억한다. 한입 베어 물자마자 같이 먹던 친구와 눈이 마주쳤다.

"이거 왜 이렇게 맛있어? 뭐야?"

새우는 방금 튀겨 바삭하고 뜨끈했고, 소스는 레몬을 아주 많이 넣은 듯 상큼했다. 그와 어우러져 씹히는 입안의 또띠아와 피코 데 가요, 야채의 궁합이란. 혀에 닿는 음식이 삭제 버튼이 마구 눌리는 것처럼 상큼한 춤사위를 보이고 순식간에 사라졌다. 그렇게 허겁지겁 새우 타코를 다 먹고 나서 생각했다. 이렇게 맛있는 게 있다니? 이 신세계는 뭐란 말이야!

그날 친구와 나는 새우 타코의 맛에 홀딱 빠져 한껏 극찬한 뒤, 용하다는 사주 카페에 사주를 보러 갔다. 사주 선생은 나에게 직업으로는 미술 치료사가 좋겠다고 했고, 주식 같은 거 하지 말라며, 주식은 위험하니 예금이 안전하다는 식상한 소리를 했다. (글 쓰는 도중 주식 계좌를 확인해봤는데… 용하시네요, 선생님.)

하지만 그날 먹은 새우 타코만큼은 전혀 식상하지 않았다. 그 맛을 다시 느끼고 싶어서 그 가게에 갈 날만 기다렸다. 마침내 재방문해 두근거리는 마음으로 새우 타코를 주문했다. 이거 진짜 맛있었잖아, 아우 기대된다! 그런데 웬걸? 그때의 그 맛이 아니었다. 가게는 그대로였지만 모든 것이 달랐다. 그때 내가 너무 배가 고팠나? 아닌데, 지금이 더 배고픈데. 이상하다… 뭐가 문제지?

음식을 찬찬히 살펴본 결과, 새우튀김이 방금 튀긴 것 같지 않았고, 소스도 적었다. 야채의 물기가 완벽하게 제거되지 않은 데다가, 따뜻하고 말랑말랑 해야 하는 또띠아는 굳어 있었다. 같은 재료로 만들었음에도 재료의 질이 엄청나게 떨어져 있던 것이다. 서로 장난치며 떠들고 있는 직원들을 슬쩍 원망스럽게 바라보면서, 속으로 조성모 노래를 불렀다. 아시나요… 얼마나 먹고 싶었는지….

대충 배를 채우고 가게를 나섰다. 든든해야 할 배가 마음처럼 헛헛했다. 조선의 한 임금이 피난길에 맛있게 먹었던 생선을 '은어'라고 명명하였다가 그 이후 다시 먹어보니 그 맛이 예전과 같지 않아 도로 '묵'이라 하였다는 데서 이름이 붙은 '도루묵'이 따로 없었다. 저건 새우 타코가 아니야. 도루묵 타코야. 그렇게 조선의 왕을 다채롭게 이해하는 셀프 역사 시간을 가지며 쏠쏠하게 집으로 돌아갔고, 그 가게는 어느 순간 사라져 있었다.

그 이후로도 새우 타코가 간간이 생각났다. 멕시칸 푸드점 불모지에서 살다 보니 그냥 타코만 먹을 수 있어도 감지덕지였기 때문에 새우 타코는 감히 바라지도 않았다. 새우 타코가 있다 하더라도 새우튀김이 아니었기 때문에 새우 타코는 미각의 기억으로부터 더욱더 멀어져만 갔다. 그렇게 살아가다 발견한 것이다! 신선 코너의 새우튀김을! 무려 할인된 가격으로!

운이 좋아 새우튀김이 야간까지 남아 있으면 그날은 바로 새우 타코의 날이다. 집에서 온갖 요리를 다 하는 나지만 튀김만큼은 안 하기 때문에 튀김 요리야말로 나에게 외식다운 외식이다. 하지만 에어프라이어를 사고 나서는 모든 튀김 제품에 당당해졌다. 네가 식어봤자, 눅눅해져봤자, 나의 에어프라이어를 당해낼 수 없을걸!

가지런한 새우튀김이 열 마리 포장되어 있는 팩을 사뿐히 든다. 집에 도착하면 손을 씻은 뒤, 일단 에어프라이어를 160도 10분에 맞춰놓고 새우튀김부터 먼저 넣는다. 이 10분 동안 모든 준비를 끝내야 한다. 그래야만 바삭하고 뜨거운 새우 타코를 먹을 수 있다.

먼저 피코 데 가요를 만든다. 토마토와 양파를 꺼내 작게 깍둑썰고, 청양고추나 할라피뇨를 조금 썰어낸다. 라임과 큐민, 설탕, 소금, 후추를 뿌리고 대충 섞어주면 끝. 이제는 소스다. 작은 종지에 내가 먹을 만큼만 마요네즈를 짜고, 라임이나 레몬즙을 마요네즈 양만큼 더해준 뒤, 취향대로 설탕을 넣고 열심히 섞어준다. 야채는 상추, 양상추, 양배추 다 상관없다. 잘게 잘라 씻어서 야채 탈수기에 넣고 물기를 탈탈 털어준다. 혹시 집에 치즈나 아보카도가 있다면 더없이 완벽하다.

띵! 소리가 나면 좋으련만 '삐익삐익삐이익' 소리를 내는 우리 집 에어프라이어를 열면, 가지런한 새우튀김이 전성기 시절로 회귀되어 있다. 한 김 식히는 동안 프라이팬을 가스레인지에 올리고 최대한 약불을 켜 작은 또띠아 두 장을 앞뒤로 굽는다. 잘 구워진 또띠아 두 장을 접시 위에 펼치고 중앙에 맞춰 새우튀김, 야채, 소스, 살사, 치즈 순으로 올린다. 고수가 있다면 고수로 멋을 내는 것 또한 인지상정!

접시를 식탁에 옮겨 내가 만든 새우 타코를 바라본다. 이 비주얼 그거잖아. 완전 파는 거잖아! 뿌듯한 마음으로 한입 바삭! 씹어 먹으면 뭐랄까, 절로 춤이 나오고, 벅차고, 스스로가 자랑스러워지는 맛이랄까. 집에서 새우 타코를 만들어 먹는 훌륭한 어른이 되었어, 내가. 이런 느낌이다. 첫 번째 타코는 순정으로 먹고, 두 번째 타코는 핫소스를 더해 매콤하게 먹는다. 한 입 한 입 끝내준다. 마지막 한 입을 씹어 삼키고, 맥주나 탄산수로 입가심을 하고 나면

이 밤의 만찬이 끝난다. 배를 두드린다. 위장이 뿌듯함으로 가득 차 있다.

그리고 엉망진창이 된 부엌을 바라본다. 여기저기 흩어진 토마토 조각과 뚜껑 열린 마요네즈, 흠씬 즙을 내고 쓰러진 라임 껍질의 모습이 흡사 술 먹고 뻗어버린 나 같다. 저렇게 되는 데 10분이면 충분하다니…. 야간의 마트 구경이 이렇게나 무섭다.

요즘은 가지튀김 타코를
구상하고 있습니다.

네? 저요?

인생에는 쓴맛, 단맛,
그리고 신맛도 있다

브리또, 타코, 나초 등 다양한 음식에 끼얹는 하얀 크림의 첫인상은 내게 알 수 없는 두려움을 주었다. 어떻게 쌀이 들어가는 메뉴에도 사워크림을 넣을 수가 있지? 밥이랑 신맛 나는 크림이랑 어떻게 같이 먹어! 그런 내게 같이 일하는 친구는 대수롭지 않다는 듯 답했다.

"나도 처음에는 이상했는데, 막상 먹어보면 괜찮고 맛있어."

영 못 미더웠지만 직원이 맛을 모르고 판매할 수는 없는 법. 결국 사워크림이 들어간 메뉴들을 하나하나 맛봐야 했다. 먹어보기 전까지는 짠 음식에서 시큼한 우유 맛이 나면 마냥 이상하고 튈 줄 알았다. 그러나 씹을수록 놀라웠다. 사워크림의 '사워'가 기분 좋게 입맛을 돋우고, '크림'이 부드러운 식감을 더해주면서 재료 전체를 조화롭게 감싸는 것 아닌가! 그때부터 사워크림은 내게 미각의 기쁨을 선사하는 최고의 소스 중 하나가 되었다. (한 친구가 내 모습을 캐리커처로 그려주었는데, 그림 속의 내가 사워크림을 먹고 있을 정도였다.)

집에서도 곧잘 멕시칸 푸드를 만들어 먹는 내게

작은 고민거리가 생겼다. 한국에서는 사워크림의 수요가 많지 않아 대형 마트조차 재고가 부족한 경우가 흔하고 대부분 대용량으로 판매되는데, 유제품 특성상 최대한 빨리 소진해야 한다는 것. 뚜껑을 여는 날부터 냉장고 속 사워크림을 다 먹어야 한다는 초조함이 미간을 짓누른다. 아무리 타코를 좋아한다고 해도 혼자 사는 사람에게는 너무나 과분한 양인 것이다. 그래도 오랜 시간 나름대로 사워크림의 거대한 양과 싸우며 터득한 소진 방법이 몇 가지 있는데, 여기서 공유해볼까 한다.

첫째, 사워크림을 넣어 맛있게 타코, 브리또를 만들어 먹은 당신! 이제 후식을 먹을 차례다. 침착하게 냉장고에 묵혀둔 냉동 블루베리나 과일잼을 꺼내자. 작은 그릇에 사워크림을 옮기고 그 위에 잼을 올려서 먹으면 시판 요거트보다 깊은 과일 요거트 맛을 느낄 수 있다.

둘째, 나초 칩을 활용한다. 나는 사워크림이 집에 있으면 영화를 보려고 나초 칩을 먹는 것이 아니라, 나초 칩을 먹으려고 영화를 본다. 주객전도랄까. 체더 치즈의 뜨겁고 짭짤한 맛과 사워크림의 시원하고 상큼한 맛이 나초 칩이라는 서핑보드를 타고 입으로 골인하는 순간, 인생 뭐 별거 있나, 이게 사는 거지 싶은 만족감이 몰려온다. '맛있는 거 + 맛있는 거 = 완전 맛있는 거' 공식은 당연하니까.

셋째, 그냥 모든 음식에 곁들여 먹는다. 카레, 샐러드, 통감자, 고구마 스틱, 연어, 라자냐, 단호박 수프 등등… 사워크림과 안 어울리는 음식이 세상에 있기나 한가 싶다. 심지어 언젠가 갔던 러시아 가정식 식당에서는 소고기뭇국 맛이 나는 비트 스튜에 사워크림을 풀어 먹는 음식을 맛보기도 했다. 비트의 붉은 색깔과 사워크림의 하얀색이 섞이자 스튜가 불투명한 라일락색으로 바뀌는 것이 기이했는데, 심지어 맛있었다! 어쩌면 신맛은 음식의 화룡점정이 아닐까?

물론 시판 사워크림을 사는 대신 직접 만들 수도 있다. 혹시 크림 파스타나 스튜를 만들고 생크림이 남았다면? 요거트 메이커를 이용해 사워크림을 만들어보자. 이 경우에는 요리하고 남은 생크림을 처리하려고 며칠간 각종 파스타와 리소토를 만들지 않아도 되고, 원하는 만큼 소량의 사워크림을 만들 수 있다는 두 가지 장점이 있다. (단, 요거트 메이커를 구매해야 하고 생크림이 사워크림으로 발효되기까지 반나절이 걸린다는 단점이 있지만….)

이렇듯 많은 양의 사워크림을 활용하는 몇 가지 방법과 직접 만드는 방법을 알아보았다. 그러나 여러 방법을 고민해온 나조차도 가끔은 사워크림이 상해버려 속상할 때가 있다. 아아, 인생에 쓴맛, 단맛이 있다지만, 신맛만은 포기할 수 없거늘…. 그래서 이 글은 한국의 식료품 제조 회사들에게 보내는 편지다. 누가 소량 사워크림 좀 생산해주시겠어요? 제발! 작가 소원!

사워크림을 두세 개씩
주문하는 사람을 보신다면
저일지도 몰라요~

용암처럼 내게 밀려오라

나는 가리는 음식이 없는 편이다. 이 문장을 쓰자마자 가족과 친구들의 표정이 눈에 보인다. '쟤가 뭐래니?' 그럼 정정해보자…. 나는 가리는 게 있는 사람치고는 식성이 까탈스럽지 않으며 꽤 무덤덤한 편이다. 적어도 나는 그렇게 생각한다. 그 이유를 몇 가지 들어보겠다.

나는 눅눅한 과자를 좋아한다. 어린 시절, 아빠가 과자는 몸에 나쁘다며 자식을 생각하는 마음으로 본인만 새우깡을 먹고 남은 것을 숨겨두곤 했다. (과자가 몸에 나쁘면 자식 앞에서 과자를 안 먹으면 됐을 텐데….) 아빠가 숨겨둔 새우깡을 몰래 찾아 먹는 첩보요원 같은 어린 시절을 보낸 바람에 눅눅한 과자의 맛에 눈을 떴던 것 같다. 바삭바삭해야 할 과자를 질경거리게 하는 반전 매력에 반했달까. 혹은 학창 시절 시험 기간이 끝나면 노래방에서 진하게 땀을 빼고 아드레날린을 분비하며 우적우적 씹어 먹었던 뻥튀기가 도움이 됐을 수도. 어쨌든 덕분에 과자가 눅눅해졌다며 시무룩해진 친구들에게 다가가 "나에게 버려!" 하며 입을 벌리는 간헐적 환경 운동가가 될 수 있었다.

또, 얼음이 녹아 밍밍해진 콜라도 좋아한다. 단
맛이 적당히 희석된 채로 적당히 차가운 콜라가 방
금 딴 콜라보다 훨씬 더 맛있다. 그래서 일부러 얼음
이 녹기를 기다린 뒤 마시기도 한다. 이것은 콜라뿐
만 아니라 오렌지 주스, 자몽 에이드처럼 내가 좋아
하는 모든 음료에 해당된다. 단, 물을 넣는 것은 안
된다. 반드시 얼음이 녹은 물과 섞여야 하는 것이 포
인트다. 친구와 카페에서 한껏 수다를 떨다 보면 눈
앞의 음료도 잊을 때가 있다. "앗, 얼음이 녹아서 밍
밍해졌네…." 친구가 시무룩해하면 나는 "적당히 잘
밍밍해졌군. 딱 좋아!"를 외치며 만족스러운 시음회
를 펼친다.

따라서 눅눅한 음식이나 밍밍한 맛 같은 것은
내게 큰 제약이 아니다. 그러니 찬밥이나 식은 고기,
탄산 빠진 맥주, 간이 덜 된 국이나 물에 덜 불린 딱
딱한 푸주같이 한 끗 차이로 천대받는 음식들이여,
모두 내게 오라. 내 긍정 입맛이 모든 것을 "오히려
좋아!"로 바꿔줄 테니! 하지만 차가운 나초 치즈, 너

는 오지 마. 너는 안 좋아.

앞에서 쭉 관대하고 무덤덤한 긍정 입맛을 지녔다고 주장한 내가, 차가운 나초 치즈만큼은 관용하지 못하는 이유는 간단한다. 언제나 뜨거운 치즈 소스가 활화산처럼 부글부글 끓고 있는 멕시칸 푸드점에서 몇 년 동안 일했기 때문이다. 상상해보라. 버튼만 꾸욱 누르면 뜨거운 치즈 소스가 양껏 쏟아지는 일상을. 분수 쇼만 안 했을 뿐이지 치즈 분수대가 있는 것과 다를 바 없는 호화로운 환경이었다. 금수저는 아닐지언정 '치즈 소스 수저' 정도는 되었던 것이다. 그러니 까다로울 수밖에.

세상에는 죽은 빵을 되살리는 오븐이 있고, 죽은 튀김도 되살리는 에어프라이어가 있듯이 죽은 나초 칩도 살려내는 치즈 소스가 있다. 단, 뜨거워야한다. 차갑게 식은 치즈 소스는 맛없는 칩을 더욱 텁텁하게 만든다. '맛없는 거 + 맛없는 거 = 완전 맛없는 거'라는 공식을 잊지 말자. (자꾸 당연한 소리를….) 나초 치즈에게 뜨거운 온도는 자신의 능력을 펼칠 수 있는 필수 조건과 같다.

은은하게 따뜻한 나초 치즈도 마음에 썩 차진 않는다. 커피도 후후 불어 마시고 국밥도 한 김 식혀서 먹는 나지만, 나초 치즈만큼은 팔팔 끓어오른 즉시 먹는다. 그렇게 하는 결정적인 이유는 함께 곁들여 먹는 피코 데 가요와 살사, 사워크림 때문이다. 차가운 속성을 가진 그들과 한껏 어우러지기 위해선 치즈 소스가 뜨거운 심장처럼 끓어야 한다. "입천장을 리모델링해주마!"라고 경고하는 듯한 치즈 소스의 뜨거운 열정과 "워워, 진정해 나초 치즈!" 하고 말려주는 냉정한 사워크림의 중재! 냉정과 열정 사이, 그 어딘가 적정 온도의 맛!

이렇듯 나에게 나초 치즈란 언제나 뜨거운 것, 혀를 데는 것, 입천장이 까지는 것이어야 한다. 그러니 눅눅한 새우깡, 밍밍한 콜라 같은 걸 좋아하는 나일지라도 차가운 나초 치즈만큼은 용서할 수 없는 것이다. 차가운 나초 치즈야, 이제 알겠지? 안 돼. 마음 바꿀 생각 없어. 돌아가. 돌아가서 자신을 뜨겁게 데워봐. 그리고 너의 맛을 세상에 펼쳐봐!

때로는 촉촉하고 부드러운

동두천의 작은 도서관에서 몇 주 동안 만화를 가르칠 기회가 있었다. 어느 날은 수업을 마치고 그곳에서 알게 된 초등학생 두 명과 저녁으로 치킨을 먹었는데, 서른 살과 열한 살은 서로를 꽤 궁금해할 만한 나이 차인 것인지, 우리는 서로에게 계속해서 질문하고 답변했다. 나는 대체로 어떤 아이돌이 인기 있는지, 무슨 과목을 가장 좋아하는지, 장래희망이 뭔지, 장기자랑이라는 말을 요즘 애들은 왜 안 쓰는지, 동방신기를 아는지 등등을 물었고, 아이들 역시 내게 요즘 유행하는 질문들을 재잘거렸다.

"선생님은 탕수육 먹을 때 소스 부먹파예요, 찍먹파예요?"

"음… 나는 둘 다 상관없는데?"

"안 돼요! 딱 골라야 돼요!"

벌써부터 탕수육 하나로 이분법적인 사고를 형성하게 되었구나, 라떼는 말이야…를 시전하기에는 아이들의 눈빛이 너무나 진지했다. 하지만 나는 말 그대로 정말 상관이 없었다. 소스를 부어 먹으면 부어 먹는 대로 촉촉해서 맛있고, 찍어 먹으면 찍어 먹는 대로 쫄깃 바삭해서 맛있으니까.

"꼭 골라야 돼?"

"네! 꼭꼭!"

"그럼 부먹."

"….."

실망에 빠진 초등학생들의 눈빛을 보아하니, 찍먹을 선택해야 했나 보다. 이건 좀 억울한데. 애초에 정답을 알려주지 그랬니…?

그러나 탕수육 '덤덤파(소스를 붓든 말든 덤덤해서 덤덤파)'인 나조차도 나초 요리 앞에서는 의견이 조금 달라진다. 나초 칩 위에 치즈, 살사, 사워크림이라는 묵직한 소스를 3연타 올리고, 피코 데 가요와 할라피뇨, 아보카도와 같은 촉촉한 고명들도 올리고 나면, 아무리 바삭하게 튀겨진 나초 칩일지라도 시간이 지날수록 눅눅해지다 못해 물러지는 지경까지 간다. 천천히 즐겨야 할 핑거 푸드를 물컹해지기 전에 빨리 해치워야 할 것 같은 초조함을 느끼는 것이 싫어서 되도록이면 재료를 각각 종지에 담아 먹는 편이다. 식사는 브리또와 타코로 충분히 했으니, 사이드로 즐길 나초 칩만큼은 여유를 즐기며 바삭하게 먹어야 하지 않을까? 그러니까 나는, '나초 찍먹파'인 것이다.

그랬던 내가 나초 부먹을 다시 생각해보게 된 계기는 우리 엄마 숙 덕분이었다. 숙은 내가 자취하는 집에 도착하면 꼬리를 흔들며 반기는 반려견 두부를 쓰다듬고, 편한 옷으로 갈아입은 뒤 벌러덩 누워 요즘은 어떤 영화가 재밌냐고 내게 묻는다. 그럼 나는 요즘 핫한 드라마나 영화를 틀고 나란히 앉아 맥주를 나눠 마신다. 이런 만남을 지속하면서 최근에서야 어릴 때는 몰랐던 숙의 취향도 알게 되었다. 숙은 대체로 미국 영화를 좋아하고, 예술적이거나 감성적인 것보다는 전개가 빠른 액션이나 SF 판타지, 막장극을 좋아한다.

우리는 영화를 볼 때 보통 나초 칩을 먹는다. 처음에는 숙이 먼저 나초 칩을 사 들고 왔다. 그럼 나는 냉장고에 있는 살사를 꺼내거나 아보카도를 으깨서 과카몰레를 만든다. 숙은 내가 어떻게 이런 것을 뚝딱 만드는지 매번 신기해하며 레시피를 묻고는 다시 까먹고 또 묻는다. 그리고 아보카도를 먹을 때마다 "아보카도는 증말 맛있는 것 같아~"라는 말을 꼭 덧붙인다.

그런 숙이 어느 날 묻는 것이다.

"수희야, 나초 칩 말이야. 좀 얇고 잘 부서지는 건 없을까?"

"얇고 잘 부서지는 나초 칩? 그건 왜?"

"엄마가 요즘 이가 안 좋아서 치료 중인데, 나초 칩이 딱딱해서 잘 안 먹게 되네."

나초 칩도 못 먹을 정도란 말이야? 그렇게 딱딱한가? 젊고 건강한 나의 이로 나초 칩을 와작와작 씹어보았다. 다른 과자들에 비해 좀 더 두껍고 딱딱한 것 같기도 했다. 천천히 조심스럽게 나초 칩 귀퉁이를 갉아먹는 숙을 보고 있자니, 무뚝뚝한 딸의 마음이 구겨진 난닝구처럼 쭈글쭈글해졌다. 나초 칩 귀신이 나초 칩을 잘 먹지 못하게 되다니 비극이 따로 없군…. 그런데 구겨진 난닝구 위로 다리미가 스치듯 좋은 생각이 단박에 떠오르는 것이 아닌가!

"나초 칩을 얇게 할 수는 없는데… 부드럽게 만들 수는 있어!"

나초 칩 위에 각종 소스와 고명을 올려 먹는 나초 요리는 촉촉한 재료가 많이 올라가다 보니 식감이 부드러워 이가 약한 사람들이 먹기에 좋다. 그렇다면 이것은 숙을 위한 음식임이 틀림없었다. 일단 편의점에서 사워크림을 대체할 플레인 요거트를 사 왔다. 치즈 소스를 데우고, 넓은 접시 위에 나초 칩을 최대한 평평하게 쌓아 살사와 치즈, 요거트를 차례대로 원을 그리며 부었다. 빨강, 노랑, 하양의 소스 조합이 꽤 예뻐 보였는지 숙은 사진을 찍으며 호들갑을 떨었다. 당장 집어 먹으려는 숙의 손을 단호하게 저지했다.

"부드러워지려면 아직이야. 기다려야 돼."

우리는 고사 지내듯 멍하니 접시를 쳐다보았다. 나오자마자 먹기 바빴던 나초 요리가 숙과 함께 있으니 촉촉히 젖어들 때까지 기다려야 하는 슬로푸드가 된 것이다. 그리고 마침내 부드러워진 나초를 맛보았을 때, 숙은 맛있다고 했다. 정말 맛있다고. 부드러워서 씹기도 좋다고, 정말 정말 좋다고 했다. 숙은 나를 보며 밝게 웃었다.

그제야 바짝 다림질한 옷처럼 한결 편해진 마음으로 영화를 틀었다. 맥주를 한 모금 들이켜며 생각했다. 부드러운 나초를 먹고 싶은 여자와 나초를 부드럽게 먹는 방법을 아는 여자가 모녀일 수가 있다니, 신기하다고. 그리고 다행이라고. 그러니까 나도 숙과 함께 있을 때만큼은 나초 부먹파가 된다. 때로는 촉촉하고 부드러운 엄마의 딸이 된다.

나초 칩+사워크림+할라피뇨
=최애 조합

나만 아는 맛집

"타코는 어디가 맛있어요? 단골집 소개해주세요!"

누군가 이렇게 물으면 꽤 난감하다. 왜냐하면 나는 이렇게 대답할 수밖에 없기 때문이다.

"알려드릴 수 없습니다."

그럼 상대방이 당황하며 이렇게 생각하겠지.

'뭐야 이 사람… 타코 홍대병인가…. 나만 알고 싶은 타코, 뭐 그런 건가….'

당연히 나에게도 자주 가는 동네 단골 타코 가게가 있다. 하지만 그곳을 소개하는 건 뭐랄까, 햄버거 맛집으로 맥도날드를 소개하는 느낌과 비슷하다. 햄버거 어디가 맛있어요? 묻는 사람에게 "집 근처 맥도널드가 괜찮지요. 빅맥을 먹어보셔요. 그리고 사이드로 꼭 감자튀김을 주문하세요. 소금이 적당하게 묻어 있답니다."라고 답하기는 좀…. 적어도 뭔가 그럴듯한 수제버거 가게를 알려줘야만 할 것 같은데, 나에게는 그런 단골 리스트가 없다.

그 이유는 아마 내가 지금까지 먹어온 타코를 대부분 스스로 만들었기 때문일 것이다. 멕시칸 푸드점에서 일하면서 식사 시간마다 내가 먹을 음식을 직접 만들 때 가장 즐거웠다. 일하는 내내 오늘은 무슨 재료를 조합할지, 어떻게 구울지, 어떤 소스를 뿌릴지 계획했다. 앞날이 어두웠던 그 시절, 인생은 계획하지 못할지언정 타코만큼은 체계적으로 계획을 세워 만들었었다.

자취를 시작한 뒤로는 더욱 그랬다. 타코를 먹으러 가기에는 맛있는 가게들이 대부분 멀리 있고, 배달을 시키자니 혼자 먹는 음식에 배달비를 쓰는 것이 너무 아까웠다. 그래서 자취를 시작한 뒤에도 스스로 타코를 만들어 먹을 수밖에 없었다. 처음에는 번거롭기도 했지만 식료품 선택권을 독점하는 건 꽤나 달콤한 일이었다. 고수를 많이 달라고 부탁하거나, 소스를 추가하느라 몇천 원씩 가격을 더할 필요가 없다. 집에서 만들어 먹는 것이 익숙하고 훨씬 편하다.

그러다 보니 '외식 타코'를 먹을 때면 미묘하게 부족함을 느낀다. 맛이 있다 없다를 떠나서 내가 추구하는 재료의 비율이나 양, 맛 차이를 세밀하게 조정할 수 없는 것이 조금 아쉽다고 해야 할까. 외식을 하다 보면 결국 집밥이 생각나는 것처럼, 아무리 미슐랭 레스토랑의 셰프가 고급 음식을 내와도 한밤중에 몰래 건져 먹는 김치찌개 속 돼지고기의 짜릿함과는 비교할 수 없는 것처럼, 나의 '집 타코'에도 그런 대체할 수 없는 묘미가 존재하는 것이다. 집 타코 만세!

따라서 안타깝게도 단골 타코집의 주소를 알려 드릴 수 없다. 새침하다고 여기지 마시길. 나는 우리 집 레스토랑의 셰프이자 단골이고, 프라이버시는 중요하니까.

토마토의 굴레

가끔 그런 날이 있다. 부엌을 뒤집어엎고 싶을 때. 냉장고에 있는 재료들을 싹싹 긁어모아 무언가를 만들어버리고 싶을 때. 그럴 때의 공통점은 냉장고에 생토마토가 가득하다는 점이다. 오일 파스타에 토마토를 넣어 먹다가 남기도 하고, 다이어트한답시고 구매해 여물처럼 씹다가 남기도 하고, 피코 데 가요를 만들고 남은 토마토를 냉장고 안쪽에 넣어놨다가 까먹는 경우도 있다. 하여간 다양한 이유로 토마토가 남다 보니 그럴 때는 무작정 토마토를 썰어서 끓였다.

사실 살사를 만드는 방법도, 토마토소스를 만드는 방법도 잘 모른다. 그냥 감으로 집에 있는 재료를 아무거나 넣어 끓일 뿐이다. 양파와 다진 마늘을 볶다가 잘게 썬 토마토를 한가득 넣어 으깨주면서 끓인다. 어느 정도 토마토즙이 나와 액체 형태를 갖추면, 고춧가루, 할라피뇨, 페페론치노, 청양고추, 매운맛 요리에센스 연두, 파프리카 가루처럼 우리 집에 존재하는 붉거나 매운 것은 다 때려 넣는다. 후추, 파슬리, 바질, 오레가노 같은 허브 종류도 탈탈 털어 넣고, 월계수 잎은 큼직한 걸 서너 개 넣는다.

　간은 소금으로 하는데, 소스가 졸여지다 보면 결국 간이 세진다. 토마토를 해치우려고 시작한 일인데도 밖에 나가서 토마토를 또 사 오는 미련한 상황 발생. 처음에 썼던 냄비로는 양이 감당이 안 돼 솥처럼 커다란 냄비에 옮겨 담는다. 그럼 다시 토마토를 잘게 썰고 넣고 끓이고 반복. 약불에 보글보글 끓이면 집 안은 매콤한 훈기로 가득해진다. 그 훈기 속에서 앞으로의 요리를 가늠해본다. 파스타도 해 먹고, 라자냐도 해 먹고, 김치찌개 만들 때도 한 숟갈 넣으면 좋겠다. 소스를 나눠줄 친구들 이름을 세어보다가 유리 공병이 부족하다는 걸 깨닫고 공병도 사 온다. 공병들을 소독하느라 안 그래도 비좁은 부엌은 더욱 아수라장이 되어버린다.

　드디어 토마토소스가 완성되면, 내가 먹을 만큼만 작은 냄비에 덜어 타코용 살사를 만든다. 큐민 가루를 넣고 고수를 다져 넣어 끓이면 끝. 마지막은 라임즙을 넣어 휘휘 저어 마무리한다. 이탈리아가 연상됐던 주방은 큐민과 고수의 등장으로 단숨에 멕시코의 훈기로 뒤바뀐다.

이왕 부엌이 엉망진창 된 거, 텍사스 칠리도 만들어야겠다는 생각이 번쩍 든다. 냉동실에 자리하고 있는 대체육 다진 것을 일부 해동한다. 양파와 마늘, 대체육을 함께 볶다가 흑맥주와 물을 1:1 비율로 넣고 아까 만든 토마토소스를 넣어 끓인다. 수납장 깊숙한 곳에 잠들어 있던 베이크드 빈도 꺼내 반은 으깨고 반은 그대로 넣는다. 베이크드 빈의 양이 너무 많아서 아차 싶어지면 대체육을 또 꺼내서 해동하고, 양파, 맥주도 조금씩 추가. 할라피뇨, 큐민, 후추, 월계수 잎을 넣어 졸여준다. 그럼 텍사스 칠리도 완성! 감자튀김에 올려 먹으면 얼마나 맛있게요!

이왕 시작한 거 피클로 만들려고 구매했다가 외면하고 있던 오이나 생할라피뇨도 다 꺼낸다. 베이킹 소다로 닦아내고 물기를 제거한 뒤 송송 썰어 공병에 담는다. 피클링 스파이스와 물, 식초, 설탕을 취향대로 비율을 맞춰 넣고 소금도 추가해 한소끔 끓인다. 식기 전에 피클 재료를 담은 병에 붓고 상온에서 하루 숙성한 뒤 냉장고에 넣으면 된다.

오전에 시작한 일이 저녁이 돼서야 끝났다. 한

김 식은 소스들을 공병에 넣고 말끔히 정리하면 부자가 된 듯 마음이 웅장해진다. 아차! 피코 데 가요를 만들 생토마토를 안 남겼네! 그럼 또 토마토를 사 오고… 그렇게 피코 데 가요를 만들고 남은 토마토는 또 냉장고에 들어가고. 그냥 사 먹어도 될걸, 이 중노동 사이클을 끝내지 못한다. 평생 토마토를 끓일 팔자인가…. 어쨌든 친구들 나눠줄 때 뿌듯하니까 그걸로 됐지, 뭐.

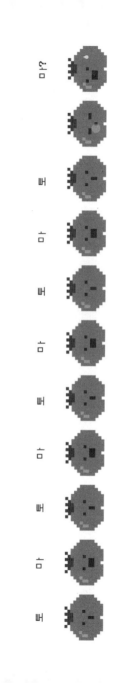

나의 추앙 푸드

"할 일 줘요? 술 말고 할 일 줘요?"

"…."

"날 추앙해요."

봄날의 늦은 저녁, 집에 혼자 누워 빔 프로젝터로 드라마를 보던 나는 난데없이 벅차오르고 말았다. 오랜 시간 멈춰버린 줄 알았던 심장이 100미터를 11초 플랫으로 뛴 것처럼 두근두근 떨리는 것을 보니 협심증 혹은 '덕통사고'렷다.

이것은 가상의 소도시 산포시에 사는 삼남매의 이야기를 다룬 드라마 〈나의 해방일지〉 대사다. 주인공들이 서울로 출퇴근하는 경기도민이라는 설정이 수도권 끝자락에 살고 있는 나의 심금을 울린 것은 물론, 미정 역의 김지원과 구씨 역의 손석구가 선보이는 긴장 가득한 분위기가 나의 애간장을 녹였다. 그리고 기어코 2화 끝에서 "나를 추앙하라."는 미정의 신선하고 폭발력 있는 대사가 잠들어 있던 드라마 덕후의 코털을 건들고 만 것이다.

5화에서는 이 드라마를 더욱 추앙하게 만드는 장면이 나온다. 사람하고는 아무것도 안 하고 싶다던 구씨가 삶을 견디고 있는 미정에게 드디어 마음을 열고 첫 문자를 보내는데….

　— 돈 생겼는데
　— 혹시 먹고 싶은 거
　— 나 구씨

짤막한 세 마디 문자일 뿐인데 어찌나 떨리던지! 내 입꼬리가 광대까지 승천하고 그곳에 터를 잡는 바람에 다시 내려오는 데 애를 먹었지만, 미정은 그저 미소를 지으며 답한다.

　— 돈까스
　— 역 근처에 있는데

그렇게 미정과 구씨는 단둘이 첫 식사를 한다. 단 한마디도 나누지 않으면서. 한국 드라마 역사상 5화 만에 겨우 단둘이 만나 아무 말 없이 밥만 먹는 주인공들이 있었던가? 그 장면을 돌려보고 또 돌려보다가 만약 넷플릭스가 아니라 비디오테이프였으면 벌써 질질 늘어져 안 그래도 말 없는 저 두 사람이 더 느려 보이겠다고 생각했다. 그리고 상상해봤다. 내가 만약 미정이라면 어땠을까? 구씨는 극중 창회 역의 이민기처럼 쉴 틈 없이 말하는 이른바 '다말증' 환자인 나를 상대도 안 해줬으리라. 그래도 이것은 글이니까 상상이라도 해보자는 것이다. 나는 이렇게 답장을 보낼 것이다.

— 타코
— 역 근처에 없는데

그렇다. 주인공들이 사는 당미역 근처에는 아마 타코집이 없을 것이다. 광역시에 사는 나도 괜찮은 타코집을 찾아가려면 머나먼 길을 떠나야 한다. 게다가 수원 옆에 있다고 설명해야 사람들이 아, 하는 산포시의 한적한 당미역에 타코집이 존재할 리 없다. 쓰다 보니 서글프다. 이것이 타코인의 애환…. 구씨는 나의 문자를 보고 뭐 어쩌라는 거지, 역시 은은하게 돌아 있는 크레이지 경기도 걸을 건드리지 말 걸 그랬다며 후회할지도 모르겠다. 그래도 이것은 상상이니까, 당미역 근처에 미군 부대가 있다고 가정하고 타코집을 찾아가보도록 하자.

아마 사는 동안 멕시칸 푸드를 한 번도 먹어본 적이 없을 것으로 추정되는 한식파 구씨는 나에게 주문을 맡길 것이다. 타코집에서 그럴듯한 식사를 하고 싶은 경우에는 파히타를 주문하는 것이 국룰. 파히타란 무쇠 팬에 각종 고기와 야채가 구워져 나오는 음식으로 또띠아와 소스, 야채가 각각 접시에 따로 나온다. 스스로 싸 먹는 자기주도형 타코랄까. 우리나라의 보쌈, 베트남의 월남쌈 같은 것이라 생각하면 이해하기 쉽다.

파히타의 장점은 비주얼이다. 멕시칸 푸드는 먹어본 적 없는데… 하고 걱정하는 사람이나, 예전에 타코 먹어봤는데 별로였어…라고 말하는 이들도 파히타의 흐드러진 상차림을 보면 일단 우와! 탄성을 지르고 사진부터 찍기 바쁘다. 무쇠 팬 위에서 고기와 야채가 지글지글 끓어 청각을 자극하고, 양파와 고기 익는 냄새가 후각을 자극하며, 각종 소스가 자신만의 화려한 색깔을 뽐내고 있어 타코를 먹자고 우긴 나를 으쓱하게 만든다.

그런데 상상 속의 구씨는… 반응이 없다. 처음 보는 음식이라고 감동할 스타일은 아니기 때문일까? 아니면 고구마 줄기가 아니라서? 조금 민망해진 나는 애써 웃으며 구씨에게 먹는 방법을 친절히 설명한다.

"또띠아 위에 먹고 싶은 재료를 올리고 싸서 먹는 거예요."

시범을 위해 나의 취향대로 고기와 야채, 사워크림, 살사, 피코 데 가요, 할라피뇨를 한가득 올리고 첫입을 딱! 먹으려는 순간, 깨닫고 만다. 절대로, 절대로, 신경 쓰이는 사람과 첫 식사로 타코를 먹으면 안 된다는 걸!

멕시칸 푸드점에서 일하면서 본 가장 안타까운 손님들은 이런 부류였다. 첫 데이트에서 파스타를 먹는 식상함에서 벗어나보고자, 그리고 자연스럽게 칵테일을 곁들이는 분위기를 형성해보고자, 멕시코 요리를 검색해 파히타를 먹으러 오는 소개팅 혹은 커플 손님들. 한껏 멋을 부리고 나와서 있는 힘껏 입을 벌리고 후두둑후두둑 토마토와 양파와 소스를 흘리며 먹는 손님들. 결국에는 무슨 스테이크라도 되는 양 포크와 나이프로 또띠아를 썰어 먹으며 어색해하는 손님들. 아… 보고 있자면… 나도 그들만큼 마음이 착잡해진다.

　타코란 본디 그대로 손으로 들고 고개를 야무지게 꺾어 입을 크게 벌려 베어 먹는 음식이다. 조금이라도 멋있고 예뻐 보이려고 하다가는 재료를 허벅지 위로 폭포처럼 쏟는 원맨쇼를 보여줄 수 있다. 민망해하며 황급히 냅킨을 찾는 그들을 보며 속으로 기도할 뿐이다. 좀 더 오랜 시간을 보내고 서로를 알아간 뒤, 편한 사이가 된 다음에 우리 가게를 다시 방문해주기를…. "자기, 예전에 여기 와서 무릎에 야채랑 살사 다 쏟았잖아. 진짜 지저분하고 민망했는데, 기억나? 와하하~" 하며 웃을 수 있는 추억이라도 만들기를….

　아마 나의 상상 속 당미역 미군 부대의 타코집에도 이런 마음으로 나와 구씨를 바라볼 직원이 있을지도 모르겠다.

우리 타코 냄새 나

타코집 특유의 이국적인 냄새가 있다. 톡 쏘는 듯하면서도 구리구리하면서 묵직하고 독특한 냄새. 이는 큐민, 오레가노, 고수와 같은 다양한 향신료에서 비롯된 것이다. 가게로 출근할 때면 타코 냄새라는 거대한 공기 안으로 들어온 것 같다는 착각이 들 정도로 향신료의 향은 강렬했다.

멕시칸 푸드점에서 아르바이트하던 당시 함께 일하던 친구들과 자주 어울려 놀았다. 가게에서 최소 네 시간, 최대 여섯 시간을 일하고 나면 머리카락이고 옷이고 모조리 타코 냄새가 뱄다. 일을 끝내고 가게에서 나오면 친구들과 항상 "우리 타코 냄새나." 하고 농담 반, 자조 반으로 말하곤 했다. 그러나 우리는 언제나 위풍당당하게 타코 냄새를 풀풀 풍기며 카페와 노래방을 누볐다. 아르바이트비로 살 수 있는 가장 저렴하고 괜찮은 옷과 화장품을 찾아 헤매면서.

그때 나는 일기를 매일 썼고, 자주 울었다. 영화를 보다가 울고, 노래를 듣다가 울고, 하늘을 보다가도 울었다. 책을 읽다가 울고, 책을 읽다가 울었다고 일기에 쓰다가 또 울었다. 뭐가 그렇게 슬펐는지 떠올려보면 딱히 슬퍼서 운 건 아니었던 것 같다. 그냥 울었다. 울어야 할 것 같아서. 이제 막 시작된 나의 성년기가 위태롭고 촉촉하고 생생해서. 그렇게 울고 나면 개운했다. 그리고 아주 많이 웃었는데, 웃음의 원인은 오로지 친구들이었다. 친구의 별거 아닌 농담에도 바닥에 주저앉아 자지러지며 데굴데굴 굴렀다. 방금까지 타코를 팔았으면서도 누군가 "타코 먹고 싶다." 하면 다시 가게로 우르르 돌아가 다 함께 타코를 먹었다. 이러니 우리한테 타코 냄새가 나는 거라고 서로를 핀잔하면서. 그게 또 웃겨서 웃었다.

타코 냄새를 풍기던 이십대 초반의 여자아이들에게는 각자의 고민이 있었다. 각자의 꿈, 각자의 마음, 각자의 사랑. 그럼에도 함께 있을 때만큼은 우리의 고민, 우리의 꿈, 우리의 마음, 우리의 사랑이 되었다. 서로의 농담이 제일 재밌고, 서로의 감정이 가장 크고, 대체로 서투르고 어리석었지만, 매번 그렇지는 않았던 우리. 비 내린 땅의 풀처럼 자라고 있었던 우리.

가끔 타코집에 가만히 앉아 그 익숙하고 반가운 냄새를 맡고 있으면, 그때의 타코 냄새 나던 여자아이들의 안부가 궁금해진다. 이제는 향수도 뿌리고, 제법 좋은 옷도 사 입고, 삼십대 성인다운 태가 나려나 가만히 상상하다가, 또 웃는다. 기억 저편 구리구리한 타코 냄새를 풍기던 우리가 사랑스러워 웃는다.

동태 눈알을 혼내줘

멕시칸 술집에서 일하던 어느 날이었다. 나는 바 안에서 방금 주문받은 양주의 스트레이트 샷을 따르고 있었다. 당시 나는 아르바이트 경력이 꽤 쌓이면서 가게의 모든 것이 훤히 들여다보이는 것만 같은 자만심에 가득 차 눈빛이 생기 없는 동태 눈알처럼 변해가던 중이었다. 술을 주문한 테이블은 사장님과 친분이 두터운 단골손님들이었는데, 샷을 갖다드리는 족족 바로 마시는 바람에 나는 바와 테이블을 빠르게 왕복하고 있었다.

'저 손님들은 말이야, 이렇게 샷을 많이 시킬 거면 말이야, 병을 주문하는 게 서로에게 덜 번거롭고 싸고 좋을 텐데 말이야.'

이제 얼마 남지 않은 양주를 잔에 마저 따르며 구시렁구시렁 속으로 불만을 토로하던 그 순간, 나의 동태 눈알은 어마무시한 존재를 발견하고 말았다. 온몸에 소름이 끼쳐 병을 떨어뜨릴 뻔한 걸 간신히 붙잡았다. 얼굴에 열이 오르고 식은땀이 났다. 내가 본 것은 다름 아닌 '벌레'였다. 희고 커다랗고 통통한 애벌레. 어른이 되어서 아직도 벌레를 보고 놀라느냐고? 문제는 벌레가 있는 곳이었다. 방금까지 따르던 술병 안에 오동통통한 아이보리 색 구더기가 가라앉아 있던 것이다!

'잠깐 뚜껑을 열어놓은 사이 알을 깐 건가? 어떻게 이렇게 클 때까지 못 봤지? 그리고 저 손님들은 이 술을 몇 잔이나 마신 거람? 어떡해, 끔찍해!'

누가 볼까 봐 주변을 두리번거리며 찬찬히 술병을 바닥에 내려놓은 뒤, 단골손님들과 대화 중이던 사장님을 조용히 가게 뒤편으로 불렀다. 사색이 된 내 표정을 보고 사장님 역시 큰일이 일어났음을 직감하신 듯했다.

"수희야, 무슨 일이야?"

"사장님, 어떡하죠. 저분들이 드시던 술병 안에 구더기가 있어요…."

술병이 동날 때까지 벌레를 발견하지 못한 나의 하찮은 눈썰미가 너무 죄송하고 괴로웠다. 그런데 웬걸? 함께 사색이 될 줄 알았던 사장님은 잠시 멍하니 나를 바라보다 이내 호탕하게 웃음을 터뜨렸다. 이 애타는 곤란함을 공유하고 싶은데 웃다니! 설마 사장님은 손님들이 못 봤으니 괜찮다고 생각하시는 걸까? 어리둥절한 마음으로 마냥 웃고 있는 사장님을 바라보고 있었는데, 뜻밖의 대답을 들었다.

"메스칼은 원래 그런 거야."

'메스칼'이란 용설란(agave)의 수액을 발효시켜 만드는 멕시코의 증류주다. 용설란 표면에 붙어 사는 나방 유충을 아가베 웜이라 부른다. 증류 기술이 부족했던 옛날에 술이 제대로 완성되었는지 확인하기 위해 이 유충을 넣어 썩는지 안 썩는지를 보았다는 설이 있다. 썩지 않으면 도수가 적당하다고 판단했다는 것이다. 현재는 일부 메스칼 회사에서 마케팅의 일종으로 3cm 정도 길이의 유충을 넣어 판매하고 있다고 한다. 내가 보고 놀란 그 벌레의 정체는 바로 이 아가베 웜이었다.

사장님이 그 병을 단골손님 테이블에 가져가자 손님들이 환호했다. 게다가 유충을 누가 먹을지를 두고 가위바위보까지 하는 것 아닌가. 알고 보니 아가베 웜은 마지막 잔을 마시는 사람이나 생일인 사람이 먹는 것으로, 행운을 가져다준다는 속설까지 있는 모양이었다. 그래, 훌륭한 단백질 공급원에 행운까지. 세상에 베어 그릴스만 유충을 먹으라는 법은 없으니까….

결국 가위바위보에서 이긴 손님이 즐겁게 애벌레를 삼키는 모습을 바라보며, 눈에 생기가 돌도록 바짝 힘을 줘 떴다. 그날 동태 눈알의 알바생은 자만심에 단단히 혼쭐났기 때문에…. 가게를 훤히 알기는 개뿔!

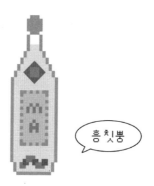

흥칫뿡

그날 이후로 메스칼을
똑바로 못 쳐다봅니다.

여름이 녹아내린다

내가 가장 많이 만들어본 칵테일은 라임 마르가리타다. 대중적으로 인기 많은 칵테일이기도 하고, 오실 때마다 열 잔 가까이 주문하던 단골 커플 손님이 있었기 때문이다. 두 잔씩 만들 때는 계량을 넉넉하게 하다 보니 몇 모금 정도가 항상 남았는데, 샷잔에 따라 홀짝홀짝 마시며 음주 근무를 즐기는 것이 소소한 낙이었다.

마르가리타는 테킬라 베이스에 라임이나 레몬즙을 넣어 만드는 칵테일이다. 잔 입구에 과즙을 바르고 소금을 묻히는 리밍(rimming)이라는 과정을 거치는 특징 때문에 칵테일계의 대표 단짠단짠이라 할 수 있겠다. 만드는 법은 블렌딩과 셰이킹 두 가지 기법으로 나뉜다. 내가 일했던 가게에서는 주로 블렌딩 기법을 이용하여 마르가리타를 만들었는데, 이는 프로즌 스타일 또는 프로스트 스타일이라고 불린다.

나는 프로즌 스타일의 마르가리타를 좋아한다. 아니, 좋아하는 것을 넘어 프로즌이 아니면 먹을 수 없는 몸이 되었다. 마치 태어나 처음 본 생명체를 보호자로 생각하는 새끼 오리처럼. 술과 얼음을 블렌더로 곱게 갈아 잔에 담은 프로즌 마르가리타는 눈의 결정이 쌓인 투명한 산처럼 아름답다. 잔 입구에 반짝반짝 묻어 있는 보석 같은 소금은 비주얼을 더욱 돋보이게 하는 것은 물론 독특한 감칠맛을 더해 준다. 잘게 갈린 얼음이 찬찬히 녹아내리는 속도에 맞춰 느긋함을 즐기는 나에게 프로즌 마르가리타는 단연 1순위 칵테일이다.

우리 동네만 그런 것인지 모르겠지만, 예상외로 프로즌 스타일의 마르가리타를 파는 곳이 많지 않다. 블렌더를 사용하는 게 시끄러워서 그런 걸까? 손님들이 셰이킹 기법을 더욱 선호해서 그런 걸까? 이유는 알 수 없지만 매번 마르가리타를 사 먹을 때마다 이미 마르가리타를 마시고 있음에도 마르가리타가 고파지는 이상 현상을 겪었다. 결국 나는 우리 집의 조그마한 부엌에 바를 차렸다. 예상하다시피 손님은 단 한 명뿐. 부엌 수납장을 열면 조촐하게 몇 개의 리큐어와 양주들이 옹기종기 모여 있다. 처음 자취를 시작할 때만 해도 매일 다양한 칵테일을 만들어 먹는 로망을 꿈꿨지만, 결국 지금은 라임 마르가리타 하나로 정착해 다른 리큐어들은 쓸쓸히 잠들어 있다.

먼저 테킬라, 트리플 섹 리큐어, 설탕 시럽을 0.5온스씩 3:1:1 비율로 믹서기에 담는다. 라임은 반을 갈라 데코와 소금 리밍에 사용할 얇은 조각을 하나 잘라놓는다. 나머지는 스퀴즈로 쭉쭉 짜 라임즙을 만들고, 씨앗이 들어가지 않게 조심하면서 블렌더에 넣는다. 마르가리타 잔으로 계량한 얼음을 블렌더에 담아 모든 재료를 곱게 갈아준다. 잔 입구에 라임즙을 바르고 소금을 뿌려놓은 접시에 잔을 엎어 돌돌 돌려주면 리밍 끝. 곱게 갈린 마르가리타를 잔에 따르고 얇게 저민 라임을 잔에 꽂아 꾸며주면 진짜 완성!

믹서와 도마를 후딱 설거지하고 좋아하는 영화를 보면서 마르가리타를 마신다. 영화와 칵테일이라니… 대체로 자취의 현실은 구질구질하지만, 가끔 이렇게 로망과 딱 들어맞는 순간이 있다. 온전히 나를 위해 만든 단 한 잔의 프로즌 마르가리타. 지친 하루의 끝에서 입안 가득 여름이 녹아내린다.

매콤, 따뜻, 뭉근

게임하는 사람들이 쓰는 용어 중에 '쿨타임이 찼다'라는 표현이 있다. 게임 외의 상황에서도 '시기가 돌아왔다'는 의미로 쓰이는데, 내게 엔칠라다가 바로 그런 음식이다. 쿨타임이 찼다 싶으면 먹는 음식. 결론적으로 자주 찾는 메뉴는 아니라는 뜻이다. 사실 타코를 제외한 모든 멕시칸 푸드는 쿨타임이 차면 먹는 것 같다. 나는 오로지 타코, 타코, 일편단심 타코이기 때문에. 그래도 〈가끔 미치도록 네가 안고 싶어질 때가 있어〉라는 노래 제목처럼 어느 날 갑자기 미치도록 엔칠라다가 먹고 싶어진다.

엔칠라다란 또띠아 사이에 재료를 넣은, 일종의 브리또에다가 살사를 자박하게 붓고 위에 치즈를 올려 녹인 음식이다. 간단히 말하면 살사로 적셔진 브리또 혹은 멕시칸 라자냐 같은 느낌으로 생각하면 된다. 멕시코에서는 가장 흔한 가정식이다.

내가 선호하는 엔칠라다는 매콤하고 뜨거운 살사를 접시 한가득 부어 만든 것인데, 간혹 엔칠라다가 당겨 가까운 멕시칸 푸드점에 갔다가 실망한 경험이 한두 번이 아니다. 누구 코에 붙이려는 건지 모를 살사의 양에 분개하고 만다. 하지만 싹싹 먹는다. 부드럽고 따뜻한 엔칠라다를 위장으로 넘기다 보면 어느새 마음까지 너그럽게 안정되기 때문에.

'엔칠라다' 하면 가장 먼저 생각나는 광경은 건물들 저편으로 해가 지는 모습이다. 저녁쯤 가게에 출근해 테이블을 닦고 바닥을 쓸고 나서 문 앞으로 나가 잠시 석양을 바라보곤 했었다. 여름이 끝나는 것을 알아채는 방법은 해가 짧아짐을 느끼는 것. 어느새 높아진 하늘 속 태양은 아름다운 빛을 뿜내며 전날보다 빠르게 우리 곁을 떠나고 있었다. 고민을 잠시 멈추고 석양을 바라봤던 고요한 시간, 그런 센티한 감상에 젖어 있다 보면 주방 언니가 저녁으로 무엇을 먹고 싶냐 물었고, 나는 오랜만에 뜨끈한 엔칠라다를 먹고 싶다 말했다. 살사를 끓이고 치즈를 올려 토치로 굽는 등 타코보다 몇 단계의 과정을 더 거쳐야 하지만 주방 언니는 내가 먹고 싶어 하는 엔칠라다를 언제나 선뜻 만들어주었다. 살사는 더 맵게! 그리고 많이 부어주세요! 자박자박하게요! 그렇게 정성스럽게 완성된 엔칠라다를 먹으면 아까 느꼈던 쓸쓸함이 울코트로 가슴팍을 꽁꽁 여민 듯 희미해졌다.

그래서 나의 엔칠라다 쿨타임은 주로 가을이다. 목 주변이 으슬으슬해질 즈음, 누군가 국밥이나 감자탕을 떠올릴 때 나는 엔칠라다를 떠올린다. 재료 사이사이에 스며든 매콤하고 뭉근한 살사를 크게 한 술 떠서 입안 가득 넣고 싶은 마음. 그 옛날 여름 끝자락에서 느꼈던 것처럼 버석거리는 마음이 오래도록 촉촉할 수 있게.

브리또 할아버지

일을 하다 보면, 특히나 서비스직에 종사하다 보면, 기억에 남는 손님이 존재하기 마련이다. 나 역시 이십대의 알바 경험을 떠올리면 다양한 손님들이 생각난다. 안타깝게도 강렬한 인상을 남기는 손님들은 대개 손'놈'으로 기억되는 이들이다. 부정적인 기억의 잔상은 유통기한이 길어서 몇 년이 지나도 그들의 표정, 말투, 목소리, 손짓까지 디테일하게 남는다. 그러나 분명 감사한 손님도 존재했다. 좋은 기억이 무기한이 될 수 있도록 한 손님에 대한 이야기를 써볼까 한다.

멕시칸 푸드점의 신입 아르바이트생이었던 나는 어느 아침 오픈 준비를 하고 계산대에 서 있었다. 머지않아 저 멀리서 단정한 정장 차림의 할아버지가 뚜벅뚜벅 걸어왔다. 주문을 받으려 바짝 긴장하고 있었는데, 점장님이 직접 계산대에 브리또 런치 세트와 감자튀김을 찍고 말없이 주방으로 들어가 음식을 만들기 시작했다. 할아버지 손님은 점장님이 선택한 메뉴를 그대로 주문하셨다. 알고 보니 몇 년간 항상 같은 메뉴를 주문하시는 단골 중의 단골이었던 것이다. 우리는 그분을 '브리또 할아버지'라 불렀다.

브리또 할아버지는 특정 요일, 특정 시간에 맞춰 언제나 정장을 말끔하게 차려입고 오셨다. 연세가 있으심에도 풍채가 대단하셨고, 무뚝뚝한 얼굴에서 마치 호랑이 같은 기운이 느껴졌다. 알고 보니 젊은 시절 미군 부대에서 경험한 추억의 타코벨을 잊지 못해 먼 곳에서부터 차를 운전해 오시는 거였다.

가게 구조 특성상 손님이 걸어오는 모습이 멀리서부터 보였기 때문에 브리또 할아버지의 음식은 그어떤 손님의 주문보다도 신속하게 나왔다. 때로는 평소보다 빠른 걸음으로 손을 휘휘 저으면서 오셨는데, 그것은 '아니야! 오늘은 브리또 아니야! 다른 거 먹을 거야!'라는 의미였다. 언제나 점잖던 브리또 할아버지가 그때만큼은 급박해지셨다. 아마 세상의 모든 단골손님들이 한번쯤은 겪는 웃픈 경험일 것이다. 만들지 마! 오늘은 그거 아니란 말이야!

브리또 할아버지는 쿠폰을 꼼꼼히 모아 서비스로 나오는 감자튀김을 드셨다. 점장님은 가끔 쿠폰없이도 감자튀김을 드렸다. 그럴 때마다 브리또 할아버지는 잠시 뚱하게 계시다가 "장사를 이렇게 해도 돼?"라며 질문 아닌 질문을 툭 던지셨다. 우리는 그게 할아버지만의 감사 표현이란 걸 알기에 그저 웃었다.

브리또 할아버지는 말씀이 참 없으셨다. 우리가 브리또 할아버지에 대해서 아는 정보도 오랫동안 봐온 점장님이 가끔 말을 붙이면서 들은 몇 마디를 종합한 결과였다. 꼿꼿이 앉아 콜라까지 말끔히 드시고 깨끗하게 정리를 마친 할아버지가 우리에게 건네신 말은 언제나 딱 한마디. "수고해."

하루는 아침부터 이상한 요구를 하는 손님이 있어 매우 곤란한 적이 있었다. 그때 가게의 또 다른 손님이었던 브리또 할아버지는 식사를 마치고도 떠나지 않고 우리 쪽을 바라보고 계셨다. 어느 정도 상황이 진정되자 그제야 평소처럼 벌떡 일어나 자리를 정리하고 떠나셨다. "수고해."라는 말 뒤에 "힘내."라는 말까지 덧붙여서. 순간 컴플레인으로 받은 스트레스는 잊고, 브리또 할아버지가 격려해주셨다는 생각에 기분 좋은 놀라움이 차올랐다.

우리는 언제나 브리또 할아버지에게 고개를 숙이며 "안녕히 가세요!" "감사합니다!" "다음에 봬요!" 하고 답했다. 퇴장하는 손님에게 인사하는 것은 당연한 서비스지만, 브리또 할아버지에게만큼은 기계적으로 하지 않았다. 진심으로 안녕하시길 바랐고, 감사했고, 다음에 또 뵙고 싶었기 때문에.

어느 날부턴가 브리또 할아버지가 가게를 방문하시는 텀이 길어지다가 완전히 종적을 감추셨다. 아침의 가게는 언제나 한적했기에, 누군가 "할아버지 요즘 왜 안 오시지…?" 하고 운을 떼면 시무룩한 목소리로 "그러게…." 하고 답하는 날이 많아졌다.

한참 지난 어느 날 아침, 아버지의 심부름으로 왔다는 한 손님이 브리또 세트와 나초를 포장 주문했다. 혹시나 해서 여쭤보니 브리또 할아버지의 따님이었다! 브리또 할아버지는 병원에 입원 중이신데, 그 와중에도 우리 가게의 브리또를 드시고 싶어 하신다는 것이었다. 몸에 좋은 음식을 드셔야 할 텐데, 염려를 덧붙이면서도 최대한 넉넉하게, 꼼꼼하게, 반듯하게 포장해 드렸다. 그것이 우리가 드릴 수 있는 유일한 안부 인사였으니까.

　그리고 어느 순간부터 따님의 발길도 끊겼다. 가게의 아침은 텅 비게 되었다. 가끔 벽에 기대 브리또 할아버지를 생각했다. 아마 다른 직원들도 그랬을 것이다. 그러나 누구도 먼저 말을 꺼내지는 않았다. 그분과 단 한 번도 개인적인 대화를 나눈 적이 없었고, 단골손님 이상으로 마음 쓴 적도 없었다. 단지 손님과 직원의 관계였지만, 그럼에도 기억의 먼지를 털어낼수록 부유하는 감정에 이끌려 브리또 할아버지를 다시 떠올려본다. "그동안 감사했습니다." 많이 늦었지만 이 한마디를 전하고 싶다.

'타코와와'에 오신 것을 환영합니다!

나는 미니멀리즘 덕후다. 짝사랑처럼 애타는 미니멀리즘 덕질은 어느 날 서점에서 우연히 접한 사사키 후미오의 『나는 단순하게 살기로 했다』를 읽으면서부터 시작되었다. 각종 자기계발서의 풍파 속에서 자란 터라 이제는 그 어떤 말에도 마음이 살랑거리지 않았건만, 미니멀리즘이라는 개념은 내게 신선한 바람처럼 다가왔다.

물건을 더 많이 소유하려 갈망하기보다 자신에게 필요한 물건만을 소유할 때 행복할 수 있다는 이야기가 당시 나에게 딱 필요했던 것 같다. 어질러진 방만큼이나 머릿속은 항상 복잡했고, 물건을 가져도 불만, 못 가져도 불만이었다. 조급함과 무기력이 번갈아 일상을 지배하면서 도대체 어떻게 해야 안정을 찾을 수 있을지 헤매는 와중이었다. 그런데 물리적 환경, 소유의 개념으로 접근하니 많은 것이 설명되었다. 미니멀 라이프를 처음 접한 그날 곧바로 방을 뒤집어엎었다. 모든 물건을 꺼내서 1차 정리를 하기까지 사흘 가까이 걸렸는데, 내가 얼마나 자잘한 물건들을 '혹시 모르잖아.'라는 단 한마디로 이고 지고 살았는지 눈으로 하나하나 확인하니 경악스러웠다.

마침내 정리된 방에 누운 첫날 밤, 주변이 눈에 띄게 정리되니 머릿속까지 명확해지는 것 같았다. 그때부터였다. '미니멀'이라는 단어가 들어간 모든 책을 섭렵하는 취미를 가진 맥시멀리스트가 된 것이.

사사키 후미오의 책이 국내에서도 히트하면서 다양한 미니멀 라이프 책이 유행하기 시작했다. 덕분에 취미를 한껏 즐기게 된 나는 물건을 넘어 디지털에도 미니멀리즘을 시도하는 수순까지 갔다. 컴퓨터 속 '최종.jpg' '진짜_최종.jpg' '진짜진짜_최종.jpg' '그거아님_이게_진짜_최종_속지마.jpg'같이 혼란하고 하찮은 이름의 파일들을 정리하는 중이었다.

'이런 이미지는 왜 저장했지?'

'이 파일은 왜 갖고 있어?'

'이 그림은 무례했던 클라이언트가 떠오르니까 삭제… 미니멀하게 살자고!'

그렇게 하나씩 파일들을 둘러보는데, 정체를 알 수 없는 폴더를 발견했다. 일명 '타코와와'. 내가 타코 관련 작업을 한 적 있던가? 무심코 더블 클릭한 그 폴더 속에는 옛날의 내가 나만의 '대타코 왕국'을 건설할 결심으로 '타코와와'라는 가게를 기획한 어설픈 흔적이 담겨 있었다. '타코와와'의 로고는 물론, 마스코트, 마스코트 스토리, 로고를 합성한 냅킨 이미지, 가게의 간판과 내부를 장식할 네온사인 디자인까지…!

"나는 인생 자체가 흑이기 때문에 '흑역사가 있다'는 말은 문법적으로 성립될 수가 없어. '백역사가 있다'는 말은 쓸 수 있지."라고 떠들어왔던 나에게도 이것은 꽤나 손발이 오그라드는 고대 유적이었다. 당장 휴지통에 박아버렸는데… 시간이 지나니 궁금해졌다. 인생 자체가 흑인데 뭘 새삼 놀라. 다시 봐보자. 휴지통에서 폴더를 꺼내 마스코트 설명을 읽었다.

이름: 와와
종류: 치와와
고향: 멕시코
소개: 멕시코의 대표 견종 치와와인 와와는 타코를 무척 좋아해서 매일 타코를 먹지 않으면 견딜 수 없다. 어느 날 한국에 엄청난 타코 요리사가 있다

는 소문을 듣고 한국에 찾아온다. (왜?) 그리고 그곳에서 타코를 진정으로 사랑하는 사람들을 만나게 되는데…! 와와는 그들과 의기투합해 '타코와와'를 열게 된다! (아니, 그러니까 와와야, 도대체 왜?)

내가 지어내긴 했지만, 와와의 열정에 당황스럽다. 타코의 본고장 강아지가 왜 타코를 먹으러 한국에 와요. 사실은 케이팝을 좋아하면서 비즈니스를 빌미로 놀러 온 거 아니야? 합리적 의심이 고개를 들었다. 어찌 됐든 본디 흑역사란 이웃과 나눌수록 즐거운 법. 친구들에게 보여줬더니 타코를 향한 맑은 광기가 보인다는 괜찮은 평을 얻었다. 같이 사업해보자는 사람은 없었고….

흑역사 발굴의 즐거움도 잠시 미니멀 라이프를 지향하는 맥시멀리스트로서 고민에 빠졌다. 이 쓰잘머리 없고 깜찍한 망상의 산물을 어찌해야 좋을까…. 결과적으로는 버리지 않고 남겨뒀기 때문에 이런 에피소드도 쓸 수 있었다. 맥시멀리스트의 '혹시 모르잖아.'가 예외적으로 쓸모 있던 경우랄까. 그래도 미니멀 라이프를 위해 컴퓨터 파일 정리를 시작하지 않았더라면, 저 깊숙이 박혀 있던 '타코와와' 폴더를 영영 발견하지 못했을 것이다. 그러니 이 글은 미니멀 라이프와 맥시멀 라이프의 합작이라고 해 두자.

어른의 운동

어릴 때는 어른들이 헬스장에서 근력 운동을 하거나 러닝 머신 위를 달리는 모습이 멋지다고 생각했다. 자기 관리! 건강한 몸과 마음! 깔쌈한 운동복을 입고 땀 흘리는 진정한 으른! 그러나 이제는 안다. 그들 대부분이 살려고, 살고 싶어서 하는 운동이었다는 것을…. 진정한 어른은 몸이 아파온다는 것을….

운동을 결심한 때는 어느 아침이었다. 바로 전날 밤, 주식 창을 보던 나는 목표했던 수익률을 달성한 종목을 매도했어야 했다. 그러나 언제나 그렇듯 인간의 욕심은 끝이 없고 같은 실수를 반복하는 법. 쪼오금만 더 벌겠다고 참고 잠을 청한 뒤 다음 날 아침 졸린 눈으로 주식 창을 보다가 황망함에 저절로 잠이 깼다. (돈이 있었는데요, 없어졌습니다. 네, 뭐… 그렇게 됐습니다. 생각만 해도 마음이 저려오니 이만 말을 줄이도록 하겠습니다….) 그리고 잠시 고민에 잠겼다. 허공에 피 땀 눈물 같은 돈을 뿌리는 것이 투자인가? 진정한 투자란 무엇일까? 그리고 곧 결과에 도달했다. 건강! 현재의 내가 미래의 나에게 줄 수 있는 건 건

강뿐이야!

　그렇지 않아도 최근에 몸이 안 좋았다. 가만히 누워만 있어도 몸에서 힘이 빠지고 아프다는 느낌이 들었고, 술을 먹으면 상태가 이전 같지 않았다. 천천히 걷는 강아지 산책도 어느 순간 체력이 달려 건강 챙기기는 매일매일의 진지한 목표가 되고 있었다.

　'그래, 이것은 신호야! 저 회사가 나에게 운동을 하라고 신호를 준 거야! 건방진…!'

　바로 집 근처 헬스장에 연락해 개인 트레이닝 상담을 등록했다. 단숨에 만난 트레이너가 "어떻게 오셨어요?" 묻자 "가만히 있어도 몸이 아파요."라고 답했다. 트레이너는 평생 운동을 해온 자만이 할 수 있는 해맑은 질문을 던졌다.

　"그러니까 어떻게, 어떤 통증이 있으신 거죠?"

　"그냥 아픈데요…? 영혼이 갉아먹히는 느낌… 모르시나요…?"

　"…?"

　트레이너는 영혼 통증을 호소하는 나의 생활 습관과 운동 이력을 조사한 뒤, 체력 증진과 체중 감량을 목표로 매주 2회 근력 트레이닝과 매일 유산소 운동을 제안했다. 그리고 식이의 중요성을 강조했다. 단백질과 야채 위주의 균형 잡힌 식단과 '금주'. 당연한 소리인데 깜짝 놀라고 말았다. 반주가 삶의 낙인 나에게 금주라니…? 프리랜서의 특권, 대낮부터 술 마시기를 하지 말라니…. 하지만 앞으로 술을 더 많이 먹으려면 건강해지는 게 먼저라는 생각에 마음을 고쳐먹었다.

건강 식단은 어려울 게 없어 보였다. 샐러드를 무척 좋아하니까. 다만 간과한 것이 있었다. 나는 타코도 엄청 좋아한다는 것과 집에 아직 또띠아가 너무 많다는 것. 그리고 나에게는 띵 시리즈 집필을 위한 타코적 영감이 필요하다는 그럴듯한 핑계가 있다는 것. 결국 운동할 때마다 무엇을 먹었냐고 물어보는 트레이너와 핑계를 늘어놓는 나 사이에 민망하고 조심스러운 탐색전(?)이 시작되었다.

"제가 멕시칸 푸드에 대한 글을 쓰고 있는 거 아시죠? 조사를 하려고 좀 먹었습니다…."
"글을 언제까지 쓰셔야 하는 거죠?"

"여름까지…?"

"그럼 여름까지 계속 드시는 건가요…?"

"아무래도 일이니까… 근면성실하게…?"

"…."

그래도 이 게으르고 입만 산 회원을 잘 이해해보고 싶었던 것인지, 트레이너는 이런 말도 건네주었다.

"브리또인가? 그거 괜찮은 것 같아요. 단백질과 야채를 넣어 드시면 좋을 것 같은데."

"소스가 들어가잖아요…."

"소스를 빼고 드시면 되죠."

"소스가 생명…!"

"…."

그렇게 몇 달간 먹으려는 자와 먹지 말라는 자의 쫄깃…하진 않고 긴장감 없는 대화가 지속되는 동안, 그럼에도 우리는 소량의 체지방 감량과 근육 증량이라는 성과를 이룰 수 있었다. 나는 생전 처음 유산소 운동 습관을 들였고, 체력이 올라 전보다 활기를 띠게 됐다. 아무리 늦어도 뛰는 법이 없던 내가 뛰기 시작했고, 언제나 에스컬레이터로 향하던 발걸음은 계단을 찾기 시작했다. 어른의 운동이라는 막연한 로망의 실체가 무엇인지 이제 알 것 같았다. 자신의 생활 습관을 고치려고 노력하는 자세가 진정한 어른다운 모습이라는 것을.

운동을 시작하기 전까지는 땀을 흘리고 마시는 물이 얼마나 달콤한지, 땀을 씻어내는 샤워가 얼마나 상쾌한지 몰랐다. 만약 그때 주가가 폭락하지 않았다면, 진정한 투자가 무엇인지 고민해보지 않았다면 오랫동안 몰랐으리라. 이렇게 돌아보니 인생은 정말 특별한 종목 같다. 손해와 이익을 잴 수 없는 '나'라는 종목. 그러니 당장의 결과에 연연하지 말자. 우리네 삶은 핑퐁 같은 상호 작용이 만들어내는 드라마니까!

운동을 세 달째 했을 즈음, 코로나 시국이 완화되면서 멕시코 현지 식도락 여행을 떠나기로 결정했다. 나의 설명을 들은 트레이너는 말했다.

"이제 멕시코 다녀오시면 책 집필은 끝나는 거죠…?"

"아휴, 네네, 그럼요, 물론요, 물론이죠!"

무뚝뚝한 트레이너의 얼굴에 옅은 화색이 돌았다. 일을 핑계로 맵고 짜고 기름진 음식을 맹렬히 먹어대는 비겁한 회원은 처음이라 나름 난감했던 모양이다. 그래, 창과 방패의 대화도 이제 슬슬 끝날 때가 됐지. 에휴, 나도 참 속 썩이는 회원이었군, 귀국하자마자 엄청난 식이 조절을 해주겠다고 결심하며 열심히 복근 운동을 하고 있었다. 그런데 난데없이 너무나 순수한 목소리로 트레이너가 묻는 것이다.

"그런데 회원님, 음식에 대한 어떤 종류의 책을 쓰시는 거예요? 영양학 책?"

'영양학'이라니? 너무나 전지적 운동인 시점의 추리…! 생각지도 못한 단어의 등장에 나는 그만 폭풍 같은 웃음이 터지고 말았다. 악, 너무 웃겨, 내가 영양학 책 작가라니! 마구 웃느라고 얼마 없는 복근에 힘이 불끈 들어간 나를 보던 트레이너는 희미하게 미소 지으며 나지막하게 덧붙였다.

"하긴… 회원님이 영양학 책을 쓰셨다면, 식이 조절을 이렇게 하지는 않으셨겠죠."

선생님, 갑자기 뼈를 때리시면 아파요….

멕시코의 아침햇살

마침내 멕시코 시티에 상륙했을 때, 공항에서부터 바짝 긴장하고 말았다. 택시를 기다릴 때 본 멕시코인들의 운전이 너무나 과격했던 것이다. 클랙슨을 '빠앙!'이 아니라 '빠아아… (중략) 아아아… (중략) … 아아앙!' 누르는 모습을 보고 어안이 벙벙해졌다. 마치 가수 이승철이 〈희야〉의 클라이맥스를 부를 때와 흡사하달까. 여러 자동차가 클랙슨을 울리면 각각의 음이 다르다 보니 화음이 쌓였다. 이곳이 멕시코구나. 이것이 멕시코의 화음이구나.

한 택시 기사가 일행이 없는 나에게 자꾸 대형 택시를 타라고 호객해서 멍하니 서 있었다. 정신이 없으니 기운이 빠져 줄 서는 것을 포기하고 공항 의자에 주저앉아버렸다. 무엇보다 배가 고팠다. 이코노미석에서 보낸 길고 긴 비행시간은 지루한 고통이었고, 뭘 먹는 것조차 고역이어서 위장을 비우고 있던 것이었다. 찬찬히 공항 안의 먹거리를 둘러보니 각종 체인점이 보였다. 시나몬롤 가게, 샌드위치 가게, 스타벅스 등등…. 하지만 선뜻 발이 떨어지지 않았다.

'내가 멕시코에 온 이유는 멕시코 음식을 먹기

위해서인데… 내가 얼마나 기대했는데!'

멕시코 여행의 목적을 떠올리며 고개를 저었지만 그렇다고 다시 택시를 기다릴 힘도 나지 않았다. 당장 호텔로 향하는 길조차 이렇게 험난하니 내가 이 여행을 잘 헤쳐 나갈 수 있을지도 의문이었다. 캐리어와 가방은 너무 무거웠고 목도 말랐다. 창피하게도 약간 울고 싶어졌다. 그러다 문득 인터넷에서 읽은 멕시코 스타벅스의 특별 메뉴가 떠올랐다. 바로 '오르차타 프라푸치노•'!

멕시코 음식을 좋아한다면, 타코집 메뉴판 한편의 '오르차타'라는 단어를 발견한 경험이 있을 것이다. 오르차타란 타이거너츠라는 덩이줄기를 갈아 만드는 스페인 전통 음료로, 멕시코에서는 그 대신 쌀을 갈아 만든다. 이 때문인지 오르차타를 처음 먹는 한국 사람들이 공통적으로 하는 말이 있다. "아침햇

• 사실 멕시코 스타벅스 메뉴에는 오르차타 프라푸치노가 없다. 단, 비슷한 맛이 나게 커스텀 주문을 할 수 있다. 구글에 'Horchata frappuccino recipe' 혹은 'How do you make a Horchata frappuccino?'를 검색하여 레시피를 읊어주면 된다.

살 맛이야!" 더 정확하게 묘사하자면, 구수한 쌀 음료 아침햇살에 시나몬을 첨가한 맛이다.

사실 나는 아침햇살을 별로 좋아하지 않기 때문에 오르차타 역시 그리 좋아하지 않았다. 하지만 지금 이 순간 내 입에 밀어 넣을 수 있는 멕시코 음식은 오르차타밖에 없었다. 스타벅스 계산대 앞에서 굳은 결심으로 첫 스페인어를 외쳤다.

"오르차타 뽀르 빠보르!"

"…?"

"오, 오르… 오르짜따! 뽀르 빠보르!"

"쏘리…."

아무래도 내 스페인어 발음이 추리가 불가능할 정도로 엉망인 모양이었다. 급한 대로 인터넷에서 검색한 오르차타의 스펠링을 보여주었다. 그제야 스타벅스 직원은 답답했던 가슴이 뻥 뚫린 표정으로 힘주어 말했다.

"오-르챠따!"

"씨씨! 뽀르 빠보르!"

직원은 잠시 고민하는 듯하더니 나에게 음료 사이즈를 물어봤고, 나는 톨 사이즈를 주문하고 결제를 마쳤다. 파트너들의 현란하고 신속한 음료 제조를 바라보던 중, 누르스름한 백색의 프라푸치노가 모습을 드러냈다. "그라시아스!" 감사를 전하며 밖으로 나와 빨대를 꽂아 쭈우욱 첫 모금을 빨아들였다. 구수한 달큰함이 부드럽게 혀를 적시는 동시에 냉한 기운이 식도를 타고 내려와 희미해진 정신을 깨웠다. 풀리는 갈증에 한숨 돌리는 사이, 시나몬 향이 코 주위를 서성이며 나긋나긋 물었다.

'맛있지?'
'응, 맛있어. 몸에 시원한 피가 팽팽 도는 기분이야. 벤티로 주문할 걸 그랬어! 타코 여행 말고 오르차타 여행을 할 거야!'

오르차타 프라푸치노를 살뜰히 해치우자 아까의 울 것 같은 기분이 말끔해졌다. 벌떡 일어나 가방을 메고 캐리어를 끌고 걸어가는데, 누가 나 몰래 짐을 덜어냈나 싶을 정도로 가벼웠다. 입안에서 살살

맴도는 오르차타 향이 힘을 솟게 한 것이다. 가족도 친구도 내 곁에 없었지만, 왜인지 자신감이 생겼다. 힘차게 공항 건물 밖으로 한 발 한 발 내딛을 수 있었다. 이렇듯 시원한 단것을 배 속에 넣는다는 일 자체가 주는 안도감이 있다.

당중독이겠지.●

● 마지막 두 문장은 띵 시리즈 '조식' 편 『아침을 먹다가 생각한 것들』(이다혜) 73쪽에서 가장 좋아하는 문장을 패러디했다. 원래 문장은 "따뜻한 탄수화물을 배 속에 넣는다는 일 자체가 주는 안도감이 있다. 탄수화물 중독이겠지."이다.

웰껌 뚜 메히꼬!

우여곡절 끝에 원효대사 해골 오르차타를 마시고 기운을 되찾은 나는 무사히 택시를 탈 수 있었다. 다행히도 센스 있는 택시 기사님은 나의 짧은 영어와 스페인어의 조합을 찰떡같이 알아들었다. 대화가 통하는 것에 신난 나는 이참에 기사님이 좋아하는 타코에 대해서 조사해보기로 했다.

"세뇨르, 베스트 따꼬, 웨어 이즈 잇? 페르펙토 따꼬!"

"베스트 따꼬? 알 빠스또르 따꼬!"

한글로 '알 파스토르 타코'라고 표기하는 이 타코는 양념된 돼지고기를 꼬챙이에 꿰어 구운 고기를 잘라 만든다. 레바논 이주민의 영향으로 생겨난 것으로 케밥집의 거대한 고기 덩어리를 생각하면 된다. 멕시코의 오리지널 타코는 옥수수 또띠아에 고기를 올리고 그 위에 다진 양파와 고수를 얹는데, 여기에 파인애플을 추가하는 것이 알 파스토르 타코만의 특징이다. (하와이안 피자 반대파들의 원성이 여기까지 들리는군.)

기사님의 거친 운전에 긴장하며 안전벨트를 꽉 쥐고 있다 보니, 어느새 호텔 앞에 도착해 있었다. "웰껌 뚜 메히꼬!" 택시 기사님은 유쾌한 인사말을 남기고 빠르게 사라졌다. 속도에 있어서는 내일이 없는 아저씨였다. 손님의 내일도 생각지 않는, 손님의 지금만을 생각해주는, 알 파스토르 타코를 좋아하는 친절한 메히코 세뇨르, 아디오스….

체크인을 마친 나는 부은 종아리를 이끌고 어느 블로그에서 찬양한 타코집으로 향했다. 다행히 호텔과 가까워 금방 도착했는데 비좁고 허름했지만 무언가 형용할 수 없는 힙한 기운이 느껴졌다. 맛있겠다! 침을 삼키며 메뉴판을 읽다가 살사 통을 들고 있는 한 직원의 손끝이 통 깊숙이 들어가 있는 충격적인 광경을 목격하고 말았다. 혹시나 해서 챙겨온 지사제를 여행 첫날부터 쓰고 싶지는 않았기에 바로 돌아서 나왔다.

먹은 거라곤 원효대사 해골 오르차타밖에 없었던 나는 위산이 역류하는 느낌에 끙끙 앓았다. 눈앞이 핑 돌아서 구글 맵을 보는 것도 힘들었다. 먹으러 온 여행인데 어째서 계속 굶고 있는 건지…. 걷다 보니 홍대와 이태원 중간 느낌을 풍기는 거리를 찾을 수 있었다. 그러나 이제부터는 호객 행위가 문제였다. 의미를 알 수 없는 스페인어를 외치는 사람들의 열정적인 눈빛을 피하며 그저 직진했다. 한국에서도 누군가 호객을 하면 그 기세에 몸이 바짝 얼어버리곤 했는데, 외국이라고 다를 건 없었다.

　이러다 위산으로 위가 뚫리면 어쩌지, 하는 걱정이 들 때쯤 유난히 수줍어하는 호객원 한 명이 눈에 띄었다. 다들 무어라 크게 외치고 있는데 그들보다 앳돼 보이는 그녀는 작은 목소리로 중얼거림에 가까운 호객 행위를 하고 있었다. 기다란 곱슬머리의 그녀는 나와 눈이 마주치자 먼저 수줍게 웃어 보이더니, 호객을 위한 말을 하기 보다는 메뉴판을 가져다 보여주었다. 얼떨결에 메뉴판을 받아 들고 살피던 나는 익숙한 단어를 발견했다.

　"어? 빠스또르? 알 빠스또르?"
　"씨. 알 빠스또르."

직원이 가리킨 가게 내부에는 천천히 돌아가는 돼지고기 꼬챙이가 있었다. 홀린 듯이 테이블에 앉아 알 파스토르 타코 두 개와 소금, 레몬즙을 곁들여 마시는 맥주 미첼라다를 주문했다. 위생 장갑을 끼고 고기를 자르는 직원의 모습이 별거 아닌데 괜히 감동이었다. 곧이어 레몬 조각과 각종 살사를 대동하고 나타난 알 파스토르 타코! 그 맛이 어땠느냐고? 글쎄, 기억이 잘 나지 않는다. 너무 허겁지겁 먹어서. 다만 애니메이션 〈요리왕 비룡〉에서 "미미(美味)!"를 외치는 환희의 순간이 현실에도 존재한다는 것을 알게 된 정도?

배를 채우고 나니 한결 살 것 같았지만, 단 두 개로 끝낼 수는 없었다. 알 파스토르 타코를 큰 걸로 하나 더 주문하고 각종 살사를 동원해 이번에는 느긋하게 정성스럽게 먹었다. 짜고 매콤한 감칠맛에 파인애플의 톡 쏘는 달콤함이 어우러졌다. 기사님 말이 맞았어. 베스트 따꼬는 알 빠쓰또르 따꼬야! 시원한 맥주까지 다 마시고 든든하게 배를 채우고 가게를 나서니 그 수줍음 많은 직원이 나에게 다시 한

번 웃어 보였다. 부디 그녀가 조용한 호객의 신화를 쓰길 바라면서 나 역시 꾸벅 인사했다.

어둑해진 거리, 호객 행위는 여전히 계속되고 있었지만 이제는 사람보다 거리의 전경이 눈에 들어왔다. 금강산도 식후경이라는 말처럼 '멕시코도 타코후경'인 걸까. 멕시코 특유의 알록달록한 건물과 건물만큼 기다란 열대 가로수가 신기해 위를 쳐다보며 걷다 비로소 실감했다. 멕시코 여행이 시작되었다는 것을.

한국인은 역시 국물이지

포솔레를 처음 먹었던 때가 아직도 생생하다. 동인천 배다리 거리의 '마리 데 키친'에서였다. 차를 마련한 친구에게 함께 가자고 애원한 끝에 겨우 가게 되었는데, 가게 문을 열자마자 느낀 첫인상은 그야말로 '메히코'. 멕시코인 사장님이 운영하는 가게답게 벽 한편에 프리다 칼로의 그림이 크게 프린트되어 있었고 곳곳에 현지의 물건과 색감이 이국적인 인테리어를 형성하고 있었다.

"여기 맛있을 것 같아. 맛없으면 안 되는 곳이야. 비주얼이 그래."

"응. 나도 그렇게 느꼈어."

테이블을 잡고 메뉴판을 보고 있는데, 인터넷에 나와 있는 정보보다 메뉴가 훨씬 다양했다. 메뉴판에서도 느껴지는 '찐'의 기운에 호흡을 가다듬던 나는 한 메뉴를 보고 흥분하고 말았다.

"여기 포솔레 팔아!"

그랬다! 그곳에는 포솔레가 있었다! 포솔레란 옥수수 알갱이를 물에 불려 손질한 마사(masa)와 고기, 각종 칠리와 향신료를 넣고 끓인 멕시코의 전통 스튜다. 말로만 듣고 한 번도 먹어본 적 없었던 메뉴를 동인천 배다리 거리에서 만나게 된 것이다. 아무리 찾아봐도 멕시코 현지 여행 리뷰에서나 볼 수 있었는데, 이렇게 가까운 곳에 존재했다니! 우리는 포솔레를 비롯한 여러 음식을 주문했고 발을 동동거리며 기다렸다.

곧이어 뜨끈한 포솔레가 커다란 그릇에 담겨 나왔다. 양파, 오레가노, 살사, 양상추, 튀긴 옥수수 또띠아가 따로따로 곁들여 나왔다. 국자로 각자의 그릇에 붉은 포솔레를 덜은 다음 오레가노와 살사, 양파를 적당히 섞었다. 뜨겁고 칼칼한 포솔레 국물을 마신 첫 순간, 앗, 약간 아쉬웠다. 왜냐하면 이건… 해장의 맛이었으니까…!

'어제 술 안 마셨는데 어떡하지? 이 기가 막힌 국물에 걸맞은 숙취라는 재료가 없는데!'

아니나 다를까, 친구 역시 "이거 완전 해장국인데?"라며 국물을 후루룩 들이켜고 있었다. 처음 맛보는 포솔레 국물은 초면 같지 않게 한국인의 위장에 착 달라붙었다. 포솔레의 건더기를 건져 입에 넣었다. 부드럽게 으스러지면서 씹히는 큼직한 옥수수 알갱이가 삶은 감자 같기도, 콩 같기도 했다. 야들야들한 고기의 질감과 맛 역시 훌륭했고, 기름진 풍미에 간간이 씹히는 고수와 양파가 알싸함을 더해 깔끔했다.

멕시코 음식은 모든 것이 타코다! 스튜 역시 예외일 수 없다. 튀긴 옥수수 또띠아에 포솔레의 건더기를 건져 올렸다. 사워크림 귀신인 나는 당연 사워크림을 추가하고 양상추도 함께 올렸다. 와작 베어 물자마자 바로 물개박수가 터져 나왔다. 국물 음식과 타코를 병행하다니! 멕시코인들… 당신들은 도대체…!

마리 데 키친의 모든 메뉴가 맛있지만 포솔레는 꼭 먹어보는 것을 추천한다. 푸짐한 식사를 끝내고 동인천 배다리 거리를 산책하며 소화시키면 딱 좋을 것이다. 드라마 〈도깨비〉의 촬영 장소였던 예쁜 서점도 바로 앞에 있고, 성냥 박물관, 그림책 가게, 개인 카페 등 다양한 볼거리가 옹기종기 모여 있어 천천히 구경하다 보면 포솔레의 따뜻한 소박함이 이곳과 닮아 있다는 생각이 든다.

멕시코 여행 중 가장 많이 먹었던 메뉴 역시 포솔레였다. 여행 초반, 블로그 검색에 신뢰성을 단박에 잃은 나는 걷다가 눈에 보이는 가게에 들어갔다. 그중 한 곳의 이름이 '카사 데 토노'였는데 한국의 김밥 체인점과 같은 대중적인 식당이다. 호텔과 가까워 자주 그곳으로 향했다. 나는 항상 다양한 머릿고기 부위가 들어간 수리토 포솔레를 주문했다. 그 맛은 놀랍게도 마리 데 키친의 포솔레와 정말 비슷해서 아이러니하게도 멕시코에서 한국이 떠올랐다.

그래서 한국에 있는 강아지와 가족, 친구들이 보고 싶을 때마다 포솔레를 먹었다. 붉은 국물로 따스하게 배를 채우다 보면, 배다리 거리를 산책하며 쬐던 햇볕과 스쳤던 들꽃, 나무 같은 것들이 눈앞에 아른거렸다. 아니나 다를까 멕시코로 여행 온 많은 한국인들이 포솔레나 판시타와 같은 멕시코 국물 요리를 찾는다고 한다. 이렇듯 한국인이 먼 타국에서 뜨거운 국물을 들이켜며 느끼는 안정감을 한 문장으로 정리하면 다음과 같다.

"한국인은 역시 국물이지."

타코신이시여

멕시코 여행의 묘미는 길거리 타코다. 타코의 본고장답게 상향평준화로 경쟁이 치열하기 때문에 맛이 조금이라도 없는 가게는 살아남기가 힘들다고 한다. 실제로 내가 멕시코에서 먹은 타코와 살사는 하나같이 개성 있고 맛있었다. 이렇게 저렴한 가격에 이 정도 퀄리티의 타코를 먹어도 되는 것인가 행복한 고민을 할 정도로. 여행하는 내내 명예의 타코 전당이 계속해서 갱신됐다. 그러나 현지 멕시칸 푸드를 길거리 음식으로만 설명할 수 없다. 하루는 멕시코의 길거리를 떠나 한 고급 레스토랑에 도전해보기로 했다. 그곳의 이름은 '푸홀'이다.

푸홀은 엔리케 올베라라는 세계적인 셰프가 이끌고 있는 멕시칸 파인 다이닝 레스토랑이다. 멕시코 현대 요리를 말할 때 엔리케 올베라의 푸홀은 요식업과 미식계에서 빠지지 않을 정도로 세계적 입지가 단단하다. 그러나 푸홀이 처음부터 멕시칸 레스토랑이었던 것은 아니었다. 뉴욕에서 공부를 마치고 돌아와 양식 셰프로서 자리를 잡아가던 엔리케는 어느 날 멕시코의 또 다른 세계적인 셰프로부터 한 가지 조언을 듣게 된다.

"당신은 훌륭한 셰프요. 하지만 멕시코인이라는 정체성을 고민할 필요가 있소."

엔리케는 그 순간을 기점으로 자신이 딛고 서 있는 땅의 자연에 대해서 탐구하기 시작했다. 자신의 조상과 자신 그리고 후손이 살아갈 고국의 식문화에 대해서, 멕시코인 요리사로서 긍지를 갖고 할 수 있는 행동에 대해서 끊임없이 고찰했다. 결국 그는 전통 음식에 자신만의 해석을 더한 멕시칸 푸드를 전 세계에 알리는 데 성공한 것이다.

나는 각종 넷플릭스 다큐멘터리를 통해 엔리케 올베라의 이야기를 접했다. 자신만의 요리 세계를 형성한 지금도 겸손함을 잃지 않으며 길거리 타코에서 지역의 전통을 배우고 발전해나가는 그의 태도에 반했다. 직접 푸홀에 가서 엔리케 올베라의 고민과 노력을 미각으로 체험하는 호강을 누리고 싶었다. 하지만 아주 커다란 문제가 있었으니, 최소 한두 달 전에는 예약해야 한다는 것.

'이렇게 가까이 있는데 가지를 못하다니. 입이 있는데 먹을 수 없고, 돈이 있는데 낼 수가 없다

니…!'

구글맵으로 닳도록 바라본 푸홀은 숙소에서 택시로 약 15분이면 도착하는 곳에 있었다. 길거리 타코로도 나의 미각은 충분히 행복했지만, 그럼에도 푸홀을 가지 못하는 것은 아쉬웠다. 내가 언제 또 이렇게 멕시코에 와볼 수 있을까? 기약할 수 없는 앞날이 까마득해 틈만 나면 습관적으로 사이트에 들어가 예약 취소 자리가 났는지 살폈다. 세상에 타코신이 존재한다면, 한국의 가엾은 타코인을 굽어살펴주시겠지.

그리고 여행 셋째 날, 인류학 박물관에서 마야 문명에 한껏 빠진 뒤, 스타벅스에 앉아 원효대사 해골 오르차타를 마시며 쉬고 있었다. 또 별생각 없이 그저 습관적으로 푸홀 예약 페이지를 열었다. 그런데 난데없이 다음 날 1시 30분에 예약 자리 하나가 떠 있는 것이다! 놓칠세라 손을 덜덜 떨며 타코 오마카세 예약을 마치고 나서 내역을 몇 번이나 확인했다. 그리고 직감했다.

타코신이 나를 돕고 계셔…!

타코신 가라사대

다음 날 두근거리는 마음으로 30분 일찍 푸홀에 도착한 나는 주변의 공기조차 다른 듯한 부자 동네를 거닐었다. 한국의 청담동이나 미국의 베벌리힐스 같은 동네인 모양이었다. 산책을 마치고 돌아오니 어느새 가게 앞으로 사람들이 모여 있었는데 아마 나와 같은 시간에 예약한 손님들인 듯했다. 이 사람들은 언제 예약했을까 궁금해하며 마침내 문을 연 푸홀로 들어갔다.

고급 레스토랑은 처음인 나에게 푸홀은 식사를 넘어선 경험을 선사했다. 가게에 들어서자마자 연기가 피어오르는 인센스가 눈에 띄었는데, 그 인센스 곁을 지나자 사람들 각각이 지니고 있던 향수나 섬유유연제 같은 인공적인 향이 식사에 방해되지 않도록 차분히 가라앉는 것이 후각으로 느껴졌다. 나는 예약한 바 자리로 안내받았다. 주변을 돌아보자 세련된 푸홀의 내부 전경이 보였다.

맞은편에서 자신을 소개한 바텐더가 정중히 내 이름을 물었다. 내가 부르기 쉽게 성으로 답하자 "리, 식사 외의 시간에 마스크를 벗고 싶지 않다면,

우리는 당신의 뜻을 존중하니 염려할 필요 없어요."
하며 갑자기 나를 다독였다. 손님 중에 마스크를 쓰
고 있는 사람은 나밖에 없었던 것이다. 인테리어를
구경하느라 벗는 걸 깜박했을 뿐이었지만, 혹시 모
를 손님의 심경을 헤아리는 배려가 인상적이었다.

　직원들은 담당 구역의 손님들이 주문한 음료를
만들고, 음식을 소개했다. 영어와 스페인어 중 어떤
언어가 편한지 물은 뒤, 손님의 편의에 맞춰서 유창
하게 설명했다. 음료 메뉴판은 QR코드를 이용해 볼
수 있었는데, 나는 바텐더가 추천하는 마르가리타를
주문했다. 코스 요리가 시작되기 전, 현란하고 전문
적인 칵테일 쇼를 감상하면서 '내가 만들었던 칵테
일은 아무것도 아니구나….' 하고 당연한 감탄을 했
다. 직원들의 건강한 표정과 분위기에 벌써부터 푸
홀의 매력에 젖어드는 것만 같았다.

　오마카세가 시작되었다. 애피타이저들이 나왔
는데 그중 하나는 작은 주먹밥이었다. '한국인에게
쌀밥을 애피타이저로 내어주다니, 느낌이 요상한
걸.' 주먹밥은 놀랍도록 깔끔하고 맛있었다. 다들 일

행과 감상을 나누며 식사를 하고 있었는데, 나는 혼자 온 터라 옆 사람에게 스몰 토크를 걸까 말까 고민하다가 관뒀다. ("난 한국인이야. 한국인은 매일 쌀 먹는 거 알지? 근데 이 쌀 요리 진짜 맛있네. 굿!"이라고 말하고 싶었다….)

그리고 이어서 나온 것은 고대했던 메뉴 중 하나인 '개미 커피 마요네즈 베이비콘'이었다. 그렇다. 개미가 들어간다. 푸홀은 식사 전날 메시지로 한 번, 손님이 도착한 후에 또 한 번 음식 알레르기와 기호를 확인하는데, '충식(蟲食)'에 대한 기호도 묻는다. 바로 개미를 갈아 만든 커피 마요네즈 때문이다. 멕시코의 특정 지역에만 서식하는 개미 치카티나는 1년 중에 딱 한 번, 우기에 4~5일 정도 땅 밖으로 나온다. 그때 잡은 개미들을 냉동하여 1년 내내 식재료로 쓰는 것이다. 엔리케는 우연히 치카티나 개미를 맛보았을 때가 인생 최고의 순간이었다고 한다. 우리에게 '인생 책' '인생 영화'가 있는 것처럼 요리사들에게는 '인생 재료'가 있나 보다.

개미 커피 마요네즈 베이비콘은 작은 호박 그릇

에 담겨 나왔다. 호박 껍질 안쪽은 훈연된 옥수수 껍질로 채워져 있었고, 그 위에 작은 베이비콘 두 개가 레드브라운 빛깔의 마요네즈를 두르고 점점이 까맣게 보이는 개미를 뽐내며 앉아 있었다. 코끝으로 흙 내음처럼 느껴지는 옥수수 탄내와 커피의 쌉쌀한 맛, 그리고 약간의 매콤한 감칠맛이 연한 베이비콘의 식감과 함께 독특한 맛을 전했다.

한 입 한 입이 아까웠지만 금세 먹어버렸다. 어느 미식 평론가는 "꿈에도 나오는 맛."이라고 평가하던데, 나 역시 조금 남기고 온 개미 마요네즈가 꿈에 나올 것 같았다. 스푼을 달라고 해서 싹싹 긁어 먹을까 고민하다가 고급 레스토랑에 마음이 위축되어 요청하지 못했는데, 아직도 후회 중이다. 지금 생각해도 살면서 먹은 가장 맛있는 개미였다. (이전에 개미를 맛본 적이 있는 것은 아니지만.)

이어서 나온 방어 타코, 그린빈 타코, 문어 초리소 타코 등은 따뜻한 온도가 전해지는 아름답고 둥근 그릇 위에 올려져 나왔다. 또띠아의 색감이 하나같이 독특하였고 재료 역시 오리지널 타코에서 찾아보기 어려웠던 형태와 색감이었다. 새로운 메뉴가 나타날 때마다 '타코가 이렇게 예쁠 수 있구나…!' 하고 감탄했다. 마치 세련된 카페의 창가 한쪽에 슬쩍 두어도 위화감 없는 오브제 같았달까.

이 독창적인 타코들의 맛을 최대한 자세히 설명해보고 싶지만, 안타깝게도 어려울 것 같다. 흔한 변명을 해보자면, 들고 간 카메라의 노출값이 잘못 설정되었던 것과 사진만 봐도 생생하게 다 기억나겠거니 짐작했던 나의 안일함 때문이다. (여행기에서 카메라를 도둑맞아서, 배터리가 닳아서, 메모리카드를 잃어버렸다는 이유로 사진을 날렸다는 글을 읽을 때마다 짜증이 솟구치던 독자였는데… 그 작가가 내가 되었다.) 그러나 그 사진들이 모두 안전하게 저장되었다고 가정할지라도 그때의 느낌을 온전히 전달할 수 있을지 잘 모르겠다. 엔리케의 타코는 모든 것이 처음 경험하는 맛이었기 때문에.

그래서 나의 어쭙잖은 기억을 조각내 설명하기보다는 '타코에 대한 편견을 깨주었다.' 단 한 문장으로 푸홀의 시간을 대표하고 싶다. 푸홀의 타코는 하나같이 처음 경험하는 재료의 조합과 독특한 향, 절도 있는 맛, 동시에 가장 멕시코다운 정신의 요리를 선사했다. 이렇게 독창성과 예술성을 선보이는 엔리케의 과감한 타코를 먹은 누군가는 "이건 타코가 아니야!"라고 불평할지도 모르겠다. 하지만 엔리케는 말한다.

"우리 할머니가 만든 타코 말고, 엔리케의 타코를 만들고 싶어요. 할머니의 타코는 이미 할머니가 만들었으니까."

타코인의 기쁨과 슬픔

꽤 많이 먹는다고 자부하는 나도 코스 요리는 당해낼 길이 없었다. 고급 레스토랑의 비싼 음식을 하나도 남기고 싶지 않은 마음과 남길 도리 없는 맛에 점점 배가 불러왔다. 거기다 마르가리타를 빠르게 섭취하고 화이트 와인까지 마셔서 그런지 살짝 취기가 돌았다. 그렇게 슬슬 배도 부르고 알딸딸해질 즈음, 대미를 장식하는 푸홀의 시그니처 메뉴 몰레가 나왔다. 함께 바에 앉아 있던 다른 손님들 역시 가장 기대했던 메뉴가 몰레였는지 작은 탄성이 터져 나왔다.

언뜻 보면 곱게 간 까만 팥죽 같은 이 멕시코 전통 소스는 여러 가지 기원설이 있다. 그중 가장 유명한 것은 어느 날 갑자기 수녀원을 방문한 대주교를 위해 한 수녀가 만들었다는 설이다. 급한 대로 있는 재료 없는 재료 다 끌어모아 곱게 빻고 끓여 대접하였더니 그 맛이 독특하고 훌륭하였다나. 헤아릴 수 없이 다양한 멕시코의 전통 재료들이 들어가는 몰레는 결혼식, 생일, 세례 같은 기념 행사에서 만들어 먹는다.

푸홀의 몰레는 접시 위에 동그란 모양으로 덩그러니 담겨 나왔는데, 진한 갈색의 몰레 위에 과녁처럼 붉은 몰레가 한 스쿱 올라가 있었다. 단순한 디자인에서 어떤 꾸밈도 없이 맛으로만 승부하겠다는 셰프의 자신감이 보였다. 바깥쪽의 진한 갈색 몰레는 오늘로써 2791일째 매일매일 끓여온 푸홀의 전통 몰레이고, 붉은 몰레는 오늘 만든 가장 신선한 몰레라고 설명해주었다. 전통 위에 현대를 더한다는 의미를 형상화하다니, 이곳의 시그니처일 수밖에 없는 이유가 충분히 이해됐다.

직원의 설명이 끝나자마자 사람들은 각자의 방식으로 시식을 시작했다. 나 역시 각각의 몰레를 떠먹기도 하고, 두 몰레를 섞어서 맛보기도 하고, 함께 나온 또띠아를 나이프로 잘라 듬뿍 묻혀 먹기도 했다. 100가지가 넘는 전통 재료가 들어갔다는 몰레의 이 기묘하고 복잡한 맛을 추리해보려 했지만 쉽지 않았다. 이게 무슨 맛일까? 초콜릿? 칠리? 토마토? 순식간에 스쳐가는 다양한 맛의 자취를 찾아 계속 헤매던 나는 이내 관두기로 했다.

세상에 없는 처음 먹어보는 맛. 어쩌면 이것은

어제까지 세상에 존재하지도 않았던 맛. 이름을 붙일 수 없는 맛. 이름을 붙여서는 안 되는 맛. 복잡하고 어려운 맛. 그러나 가장 단순한 맛. 옛날과 현재 그리고 미래를 이어주는 맛. 그러니 내가 아는 얄팍한 단어로 정의하기보다 지금 이 순간을 있는 그대로 만끽할 것. 그것이 이 접시 한 그릇에 담긴 멕시코와 진정 함께하는 일일 테니까.

식사가 끝난 뒤 직원은 우리들을 볕이 드는 바깥으로 안내했다. 나는 같은 테이블에 앉은 미국인 부부와 함께 디저트를 먹다가 금세 친해져 푸홀의 요리가 준 놀라움과 멕시코에서의 경험을 나눴다. 〈오징어 게임〉〈왕좌의 게임〉〈배트맨〉〈해리포터〉 같은 세계적인 시리즈의 대사들을 흉내 내면서 놀기도 했다. 자지러지는 미국인 부부의 반응을 보며 나의 성대모사가 글로벌하게 통한다는 걸 확인하고 아주 뿌듯했다.

그렇게 한바탕 웃은 뒤, 나비가 날아다니는 아름다운 정원의 풍경을 바라보다가 더없이 완벽한 이 순간을 기억하고 싶어 잠시 눈을 감았다 떴다. 그리고 남은 와인을 홀짝거리며 그들에게 말했다.

"나는 어릴 때 멕시칸 푸드점에서 일했어. 그리고 지금은 보다시피 최고의 식당에서 식사를 했지. 그곳에서 일하지 않았다면 멕시코에 흥미를 갖고 여기까지 오지 못했을 거야. 나는 그곳에서 일한 순간들이 좋아."

외국어로 듬성듬성 튀어나온 말은 나도 몰랐던 진심이었다. 이 책을 쓰기 위해 아르바이트하던 시절들을 회고해야 했다. 초반에는 신나고 즐거운 글만 쓰고 싶었는데, 내 인생에서 멕시칸 푸드와 관련된 모든 사건이 그렇지만은 않았다. 맛있어서 먹을 때도 있었지만, 다른 선택지가 없어서, 돈이 없어서, 시간이 없어서 꾸역꾸역 먹기도 했다. 타코를 팔았던 어린 시절은 최저 시급자로서 비참한 때가 많았기에, 멕시칸 푸드는 나의 가장 어두웠던 시절을 상징하는 음식이기도 했다.

우물 속 깊이 잠겨 있던 멕시칸 푸드에 대한 기억들을 복잡한 감정과 의심을 함께 담아 지상으로 길어 올렸다. 그때의 어리숙한 나를 좋아할 수 없어

힘이 들었다. 멕시코 식문화에 관한 여러 책과 다큐를 전전할수록 고작 패스트푸드점 아르바이트생이었던 내가 초라하게 느껴져 글 앞에서 주춤거리기도 했다. 하지만 그 모든 것을 등지기 위해 떠나온 멕시코에서, 처음 보는 사람들에게, 아니 스스로에게 이렇게 말하고 있었다.

'나는 그 시절이 부끄럽지 않아. 나는 내가 부끄럽지 않아. 타코와 함께했던 순간들이 좋아.'

어쩌면 타코신은 더 오래전부터 나를 지켜보고 계셨는지도 모르겠다. 타코와 함께했던 그 시절을 그대로 바라보고 인정하고 사랑할 수 있도록. 눈이 벌게진 채로 타코를 먹던 아이의 마음이 미래의 글 속에서 아프지 않도록.

아무리 그래도 그렇지, 음식 에세이를 쓰고 멕시코 여행까지 떠나게 하다니! 정말이지 타코신은 못 말린다니까. 짓궂은 타코신이시여, 아무튼 감사합니다. 앞으로도 타코인의 기쁨과 슬픔을 보듬어주시길.

타-멘.

019　　　　멕시칸 푸드

난 슬플 때 타코를 먹어

1판 1쇄 찍음　2022년 7월 21일　　지은이　이수희
1판 1쇄 펴냄　2022년 7월 28일

편집　정예슬 김지향 김수연
교정교열　안강휘
디자인　박연미
일러스트　이수희
미술　이미화 김낙훈 한나은 이민지
마케팅　정대용 허진호 김채훈 홍수현 이지원 이지혜 이호정
저작권　남유선 김다정 송지영
홍보　이시윤 박그림
제작　임지헌 김한수 임수아 권혁진
관리　박경희 김도희 김지현

펴낸이　박상준
펴낸곳　세미콜론
출판등록　1997. 3. 24. (제16-1444호)
06027 서울특별시 강남구 도산대로1길 62
대표전화　515-2000
팩시밀리　515-2007
편집부　517-4263　　　세미콜론은 민음사 출판그룹의
팩시밀리　515-2329　　　만화·예술·라이프스타일 브랜드입니다.
　　　　　　　　　　　　www.semicolon.co.kr
ISBN
979-11-92107-63-9 03810　　트위터　semicolon_books
　　　　　　　　　　　　　인스타그램　semicolon.books
　　　　　　　　　　　　　페이스북　SemicolonBooks
　　　　　　　　　　　　　유튜브　세미콜론TV

(근간)   윤고은   소설가의 마감식
         염승숙

         정연주   바게트

         정이현   table for two

         서효인   직장인의 점심시간

         노석미   절임 음식

         안서영   돈가스
         이영하

         김현민   남이 해준 밥

         임진아   팥

         손기은   갑각류

         신지민   와인

         김겨울   떡볶이

         쩽찌   과일